〖中华诗词存稿·名家专辑〗
中华诗词学会 编

毅德阁吟稿

彭嘉庆 著

中国书籍出版社
China Book Press

图书在版编目（CIP）数据

毅德阁吟稿 / 彭嘉庆著. -- 北京：中国书籍出版社，2019.10

（中华诗词存稿）

ISBN 978-7-5068-7426-7

Ⅰ.①毅… Ⅱ.①彭… Ⅲ.①诗词—作品集—中国—当代 Ⅳ.① I227

中国版本图书馆 CIP 数据核字 (2019) 第 196534 号

毅德阁吟稿

彭嘉庆 著

责任编辑	李国永
责任印制	孙马飞　马　芝
封面设计	采薇阁
出版发行	中国书籍出版社
地　　址	北京市丰台区三路居路 97 号（邮编：100073）
电　　话	(010) 52257143（总编室） (010) 52257140（发行部）
电子邮箱	eo@chinabp.com.cn
经　　销	全国新华书店
印　　刷	北京虎彩文化传播有限公司
开　　本	710 毫米 × 1000 毫米 1/16
字　　数	200 千字
印　　张	16.5
版　　次	2019 年 10 月第 1 版　2019 年 10 月第 1 次印刷
书　　号	ISBN 978-7-5068-7426-7
定　　价	298.00 元

版权所有　翻印必究

《中华诗词存稿》编委会名单

顾　　问：郑欣淼　郑伯农　刘　征　沈　鹏
　　　　　　叶嘉莹

编　　委：（按姓氏笔画排序）
　　　　　　丁国成　王　强　王改正　王德虎
　　　　　　刘庆霖　吕梁松　李一信　李文朝
　　　　　　李树喜　陈文玲　张桂兴　范诗银
　　　　　　欧阳鹤　杨金亭　林　峰　罗　辉
　　　　　　周兴俊　周笃文　宣奉华　赵永生
　　　　　　赵京战　钱志熙　晨　崧　梁　东
　　　　　　雍文华

主　　任：范诗银

副 主 任：林　峰　刘庆霖

执行主编：吕梁松　王　强　李伟成

秘　　书：李葆国

作者简介

彭嘉庆，1945年12月生，福建仙游人，高级经济师，福建师范大学毕业后到部队锻炼，为支援三线建设分配到贵州省六盘水市，历任公社文教干事、云盘中学校长、特区党校教务主任、市委宣传部副部长、市政府秘书长等职；调福建省工作后，历任中国工商银行福建省分行干部学校校长、厦门分行副行长、漳州分行行长、省分行副厅级巡视员等职；兼任福建省技术经济与管理现代化研究会副理事长，福建省姓氏源流研究会副会长。受聘任紫金矿业集团股份有限公司非执行董事及紫金集团财务公司董事。系中华诗词学会会员、中国楹联学会会员、中国诗词家联谊会理事、中国诗词名家交流中心理事、福建省楹联学会常务理事、福建省逸仙诗词学会理事。理论专著《金融理论与实践探索集》编列21世纪新锐文丛《当代学人思想文库》，诗联专集《毅德阁吟稿》、《妈祖颂》、《百家姓礼赞》及《七言属对一千联》等。

蒋平畴　刚毅祥和

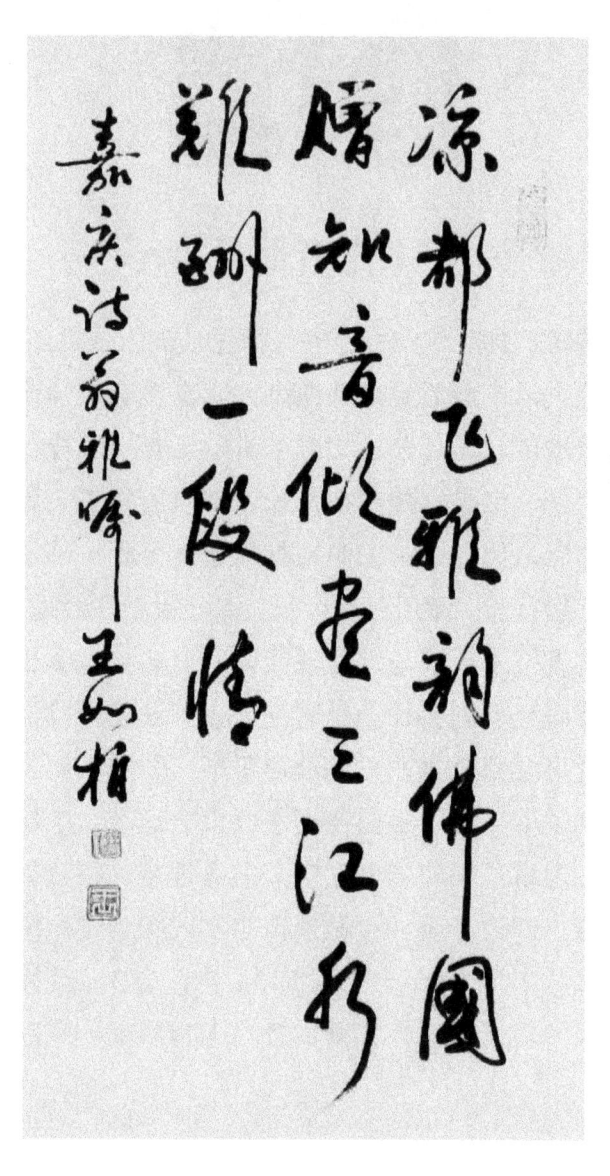

德崇智博

嘉慶先生屬
飛鴻 王元秦

海納百川

嘉慶仁兄雅正
甲午书於京華 筆伟

总　　序

我们这个诗歌大国有一个很好的传统，历来注重"采诗"、搜集整理诗歌材料。作为唯一的全国性诗词组织的中华诗词学会，自1987年5月成立以来，就十分重视这项工作。学会每年的学术研讨会和历届"华夏诗词奖"，都出版论文集和获奖作品集。纪念学会成立二十年、三十年时，还专门编辑出版了《大事记》《论文选集》《诗词选集》。《中华诗词》创刊以来，每年都制作年度合订本。2007年5月，在北京天识东方文化艺术传播有限公司的资助下，以近代以来诗词创作、诗词理论、诗词运动重要文献汇编，当代名家个人作品专集等为主要内容，出版了《中华诗词文库》。经过十来年的编辑整理，已经出了近百卷。这些诗集、文集的出版，记录了近百年来尤其是改革开放四十多年来，中华诗词从起步、复苏走向复兴的砥砺前行的历程，为近、当代诗歌史的撰写准备了丰富的资料。

党的十八大以来，中华民族优秀传统文化重新受到应有的重视。习近平总书记《念奴娇·追思焦裕禄》词和《军民情》七律的相继发表，引领中华大地诗潮滚滚而来。《中共中央关于繁荣发展社会主义文艺的意见》和中办、国办《关于实施中华优秀传统文化传承发展工程的意见》，都明确提出"加强对中华诗词、音乐舞蹈、书法绘画、曲艺杂技和历史文化纪录片、动画片、出版物等的扶持。"国家教育部组织制定由中华诗词学会起草的新中国语言体系中的新韵书《中华通韵》已经通过国家语言文字工作委员会语言文字规范标准审定委员会审定，即将颁布全国试行。这些都使我们真切地感受到，中华诗词的春天真的到来了。诗人们乘着骀荡春风，正以高昂的激情，书写着中华民族伟大复兴的新时代、新史诗，国家富强、民族振兴、人民幸福的中国梦；正以与人民同呼吸、共命运的诗人之心，对人民的欢乐、人民的忧患、人民的情怀给以诗意的表达；正以"美"或"刺"的诗人之笔，对市场经济大潮中人民对幸福生活的期待，对美好未来的希望，对假丑恶的深恶痛绝，或给以方向，或给以赞美，或给以鞭挞。正如习近平总书记所指出的："好的文艺作品就应该像蓝天上的阳光、春季里的清风一样，能够启迪思想、温润心灵、陶冶人生，能够扫除颓废萎靡之风。"

当前，传统诗词创作者和诗词爱好者队伍发展迅速，已超过三百万。每天创作的诗词作品超过唐诗、宋词、元曲的总和。诗词评论研究队伍也成长很快，诗词评论、诗词学、诗词创作理论研究成果丰硕。如何从浩如烟海的诗词作品中"淘"出优秀作品，并使之存下来、传下去，如何使诗词研究理论成果"面世"并发挥应有的指导作用，确实是摆在我们面前的无可回避的一个重要课题。中华诗词学会是一个没有国家编制，没有国家拨款的社会团体，事业的运转主要靠社会赞助和会员费支撑。俊识（北京）文化传媒有限公司总经理吕梁松、北京采薇阁总经理王强，两位一直是对中华传统文化情有独钟的热心人，慷慨解囊，愿意同中华诗词学会一起，搜集整理编辑推出《中华诗词存稿》这套书，共同为中华诗词文化的继承和发展，做成这件十分有意义的事情。

《中华诗词存稿》主要搜集整理出版三部分内容的资料：一是当代诗词名家的个人作品集；二是当代诗词评论家、诗词学者的学术著作集；三是当代诗词作品、诗词理论学术成果阶段性、专题性、地域性的集成类作品集。诗词作品强调精品意识，沙里淘金，把"有筋骨、有道德、有温度"的优秀诗词作品搜集起来。诗词评论、研究类资料强调理论性和创新性，应具有鲜明的个性特点，具有创建性的见解。集成类的资料应有一定的史料保存价值。总之，做成一套具有当代价值和历史意义的好书。在此，我们编委会人员，向提供资料、筛选编辑、版面设计、校对勘误，包括所有为这套资料付出辛勤劳动的同志们，表示真诚的谢意！

郑欣淼
二〇一九年七月于北京

诗心到老尚坚持

——序彭嘉庆先生《毅德阁吟稿》

我的书桌上放着嘉庆兄的厚厚一叠《毅德阁吟稿》诗稿。

时值盛夏,我翻阅、体味着这本诗稿中的五百多首诗词,仿佛清风徐来、柳枝拂水,撩起我翩翩遐思。

嘉庆兄是我大学同学。我一直觉得,与其他同学相比,他的人生履历颇富传奇色彩:他曾在地处西南边陲的六盘水市政府担任要职,后又成了我省经济领域、金融界的栋梁;虽已离任退休,仍乐于承担一些社会义务,壮心不已。最令人惊奇的是,他一直在专业术语与清词丽句之间跳跃,既出版过见地卓绝的论文专著,也发表过不少文采灿然的诗词作品。毫无疑问,这本《毅德阁吟稿》是他诗词创作实践的一次较全面的检阅。

嘉庆兄写格律诗词起步较早,这是有其家学渊源的。他幼时承蒙家教,背诵过不少古诗,熟谙韵律,中学时期就发表过诗作。这从集子中的作品皆严守格律并深得古法的情况可以看出。

翻开诗文,一首题为《仙游一中一百一十一周年华诞》的七律赫然在目:

> 学堂百载展长卷,多少情怀梦里牵。
> 金石儒风传响鼓,黉门才俊著先鞭。
> 博经约理常扶志,知化穷神未息肩。
> 桃李芬芳春不尽,凭栏欲说共婵娟。

坐落于仙游城北隅金石山麓的仙游一中是一所百年名校，嘉庆兄在这里度过他美好的中学时光。显而易见，这首诗表达了他出版诗集给母校献礼的意思。诗的概括性和形象性都很强。颔联"传响鼓""著先鞭"形容学校历史悠久，校风优良，教育教学质量之硕果累累，此联比喻尤佳；颈联以"博经约理""知化穷神"等古代哲语赞办学理念之深邃，也恰到好处。而以"凭栏欲说共婵娟"的形象语作结，更是意味深长，余音袅袅。得句如得仙，悟笔如悟禅。格律严谨、题材广泛、有感而发、形神兼备，这是嘉庆兄的诗作给人的总体印象。当然，这也是他自始至终、孜孜以求的境界，这种追求在当今诗坛至为宝贵。以下"海选"几首力作，就其内容和形式略作分析。

革新社会历艰虞，风骨铮铮一硕儒。
妙笔如刀蔑显贵，华章似帚涤尘污。
新闻立命心缠结，大众存胸口吐珠。
殉报以身真伟烈，丰碑千古耀闽都。

（《纪念林白水先生》）

林白水（1874－1926），福建闽侯（今福州）青圃村人，报界先驱，自1901年任《杭州白话报》主笔后又创办了几分进步报纸。

1926年8月，因在社论中屡次抨击军阀张宗昌，被张逮捕杀害。这首诗的颔联赞扬了林白水骨头坚硬，笔锋犀利，令无数居于高位的豺狼虎豹为之胆寒的硕儒风貌，"新闻立命""大众存胸"则进一步概括了其事业之正义和伟烈，真所谓"一支笔胜过三千毛瑟枪"。

这首七律，既是写人又是咏史，既要描述人事，又要引申发微，颇见功力，必得具备厚实的历史知识和稔熟的写作技巧方可驾轻就熟。嘉庆兄有不少这类题材的作品：从孔子到孙中山，到毛泽东、邓小平；从古代贤哲志士到近现代将军名人，到身边的英烈才俊；从政坛到文苑，到科教、艺术等各领域……诗笔所及，皆刻画形象生动，充溢激情哲理，颇具可读性。

再看看嘉庆兄的一首即事诗：

> 春阑客外乡，愁断旅人肠。
> 昨夜酴醿酒，今朝网络场。
> 延年须有道，向学岂无方。
> 好古骚坛聚，吟成神采扬。

（《初夏抒怀》）

这首五律，展示了作者退休后仍奔波于客路、服务社会的真实情景。开头写春去夏临，人在旅途，心中涌起淡淡忧愁。接着写昨晚应酬，今早上网，承前诉无聊赖之感。而颔联却从"延年"和"向学"两事一转，抒发了积极乐观的处世态度，叙写了跻身骚坛，吟咏已成积习的人生况味。先抑后扬，跌宕起伏是这首诗的主要表现手法，其感情基调是昂扬奋进的。

诗如其人。具体到每一首诗词，其境界往往是作者人生境界的直接反映，正如鲁迅先生所说："从血管里流出的是血，水管里流出的是水。"嘉庆兄这本《毅德阁吟稿》中的诗词，其格调都是积极向上的。试读这首《六盘水感赋》：

当年攀越摩天岭，梯山架壑雨雪侵。
万里征尘催铁足，卅年骏业铸丹心。
钢城夜幕星光灿，煤海春图秀色深。
耿耿情怀逢盛会，欢歌伴我白头吟。

这首诗写于作者回贵州参加六盘水建市30周年庆典活动的2008年。六盘水建市的1978年正是我国改革开放起始之年，因而讴歌六盘水30年的变化就是讴歌全国改革开放的伟大成就。此作虽题材重大，却巧妙地避开了标语口号，做到形象生动，情景交融，洋溢于诗中的是饱满的自豪感和深沉的沧桑感。首联的"摩天岭"是个化实为虚的比喻，"梯山架壑"语本晋代陆机《晋平西将军孝侯周处碑》，形容跋涉远道，经历险阻，此两句极言当年创业之艰难。接着，诗篇以"催铁足""铸丹心"回忆总结过往岁月，以"星光灿""秀色深"展现今天最具六盘水特色的繁荣景象。最后，诗人抒情发感。结句"欢歌伴我白头吟"意味深长，那意思是说，庆典活动正欢歌劲舞，而我却在酝酿着一首赞美诗。"白头吟"是化用卓文君典故，但没有丝毫悲切之意，虽含有重回故地已青春不再的慨叹，而通观全篇，一片耿耿深情呼之欲出。

这类即事写怀的作品在《毅德阁吟稿》中占有很大篇幅，诗章因一点事由生发，抒写心中的感慨，诸如节庆、怀亲、送友、思乡、赠人、人生感悟、闲情逸趣等。凡此等等，嘉庆兄都能做到自然率真，绝不矫情造作。他以"飒爽英姿立，如枫似菊开""雄鹰凌巨阵，浩气证丹心"赞叹国庆60周年大阅兵，以"百载已圆先烈梦，九州又驾航天辇"纪念辛亥百年，以"跃虎腾龙燃圣火，厉兵秣马震云天"形容北京奥运盛况，以"沪上涛腾万客来，冠楼涌彩紫云开"描绘上海世博会景观，以"温卿俯仰施良策，院士纵横扫萨灾"讴歌抗击非典，以"共济同舟奇祸伏，红梅绽笑迎春回"概括勇斗雪灾……如此抒发豪情壮志、传递正能量的诗句俯拾皆是。

熊东遨先生说："作豪语诗须凭中气，徐徐吐纳，切忌野战攻坚般大呼小叫不止。前者有似隐隐沉雷，天际回环，馀威自远；后者则如空山炮仗，一响之后，便归寂然。"从总体说，嘉庆兄的这类诗词，大都如"隐隐沉雷"，能注重形象，潜心立意，巧用修辞，力避"空山炮仗"。

嘉庆兄的即事写怀诗，有红牡丹，亦有刺玫瑰，出现了一些抨击时弊的辣味佳句。诸如：以"恢恢天网疏难漏，祸起萧墙蚁命亡"怒斥贪官，以"前天筛网选房号，昨晚盘钱怨价高"慨叹房价，以"宴散车飙飞巨祸，请君入牢苦凄凄"警告醉驾，以"纸醉金迷愁不解，祖孙堂上苦难堪"讽刺腐败现象等等。这类篇章都能做到"事"与"怀"结合紧密、自然熨帖、入木三分。

纪游咏物诗是《毅德阁吟稿》中的又一亮点。先读这首《岳阳楼》：

气吞云梦琼楼壮，四绝风光此地寻。
八百秋波添翰彩，万千景象涤尘襟。
民安岁稔追千古，后乐先忧共一心。
对月临风唯把酒，馨香浪涌昔贤歆。

这首诗的起联高屋建瓴，从大处着笔："气吞云梦"语出孟浩然的《望洞庭湖赠张丞相》诗："气蒸云梦泽，波撼岳阳城"，经作者的夸张点染，我们的眼前便展现出一幅广阔瑰丽的奇异画卷；"四绝风光"是指岳阳楼因滕子京修楼、范仲淹作记、苏子美书丹、邵竦篆额而被称誉的"天下四绝"。颔联是说：这八百里洞庭为历史增添了多少文采风流，那绮丽的湖光山色又为世人洗去了多少尘心俗念。颈联则接着写此楼的人文蕴含：负才倜傥、清廉好施的滕子京让我们追慕千古贤哲，写下一代雄文的范仲淹与我们心心相印。尾联化用《岳阳楼记》中"把酒临风，其喜洋洋者矣"的语句，表达了作者发怀古幽思的愉悦和对先贤敬仰、爱慕的心情。该诗集写景、怀古、感世、励志与一体，写得神完语雅、摇曳生姿，是一首难得的佳作。

再读这一首《南屏晚钟》：

满山岚翠起暝烟，谁放钟声播远天。
胸有光明凡圣一，梵音阵阵入心田。

这是《杭州西湖吟》组诗十首中的一首。南屏晚钟是指杭州西湖南线南屏山下的净慈寺内晚间传出的悠扬钟声。该诗首、二句写实：山峦深翠，暮色苍茫，梵钟长鸣，直入云天。第三句突转写感怀，使用的是佛家语。光明，指心地纯洁，凡圣一，指凡人与圣人虽然有所区别，但本性是一样的。经这句的转折，末句的意蕴就变得丰富了，沁入心田的就不仅仅是单纯的钟声，而是净化心灵的妙谛了。读这首诗，让我们仿佛听到歌手蔡琴唱的"南屏晚钟，随风飘送，它好像是敲呀敲在我心坎中……"

《毅德阁吟稿》中的咏物诗也不乏可圈可点的篇什，这里只举一例：

> 风和日暖迓春光，娇色柔裙斗玉装。
> 自有素心藏剑叶，幽香独抱梦悠扬。
>
> （《春兰》）

这是《咏兰花》组诗五首中的一首。这首绝句对春兰的描绘，第一句以"迓春光"交代时节，为第二句"斗玉装"做铺垫，因为春天里百花齐放，才有竞争。第三句是诗眼，因为"素心"唯春兰所独具，所以她在众芳国里能够树立高标。末句盛赞春兰"幽香独抱"，"幽"字下得好；最妙的是"梦悠扬"三字，运用了"移觉"修辞手法。朱自清的《荷塘月色》中有这样的句子："微风过处，送来缕缕清香，仿佛远处高楼上渺茫的歌声似的。"嘉庆兄的"梦悠扬"与此有同工异曲之妙。咏物诗贵在有所寄托，这首绝句正是借写春兰赞美了高洁、纯朴、贤贞、俊雅的世道人心。

在《毅德阁吟稿》中，还有大量感人至深的应酬诗，体现了亲情、友情、同事情，可谓赤子之心，情怀缱绻，都值得一读，这里不再一一列举。

嘉庆兄在格律诗领域涉猎甚广，近体诗和词之外，还有古风；诗词之外，还创作了不少楹联。而且，对每一种体裁，他都不满足于浅尝辄止。他的大量诗词、楹联作品发表于各类报刊或被选入各类专辑，在各种地域性、全国性的竞赛活动中屡屡获奖，这就是明证。

天道酬勤。嘉庆兄在繁忙事务的间隙写下这么多颇有质量的作品，凭借的是勤奋执着的向学精神和不老的诗心。

《毅德阁吟稿》的出版，从小处说，这是他对自己过往创作的总结；往大处讲，这是他为古诗词的传承所做的贡献。他以这本诗集向母校仙游一中一百一十一周年华诞献礼，感念师恩，汇报自己人生的心路历程，诠释他对生活的热爱和对绵绵五千年中华文化的景仰之情，可喜可佩！

　　值此文结束之际，趁着余兴，凑成八句，以为嘉庆兄诗集付梓祝贺。诗曰：

> 繁忙从未碍沉思，叉手芸窗得意时。
> 赤子逢时堪奋斗，诗心到老尚坚持。
> 灯红酒绿人寻乐，孟淡苏豪我拜师。
> 且喜骚坛生气旺，干霄春树发新枝。

二〇一三年八月二日于福州

　　（蓝云昌，福建省逸仙艺苑诗词学会副会长，《海峡诗声》执行主编，中华诗词学会会员，福建省诗词学会理事，著有《风生阁诗词》。）

蓝云昌

目　录

总　序 ……………………………………… 郑欣淼 1
诗心到老尚坚持
　　——序彭嘉庆先生《毅德阁吟稿》 …………… 1

盛世欢歌

国庆六十周年大阅兵　四首 ………………………… 3
党旗颂八首 …………………………………………… 4
咏核心价值观 ………………………………………… 6
　　富　强 …………………………………………… 6
　　民　主 …………………………………………… 6
　　文　明 …………………………………………… 6
　　和　谐 …………………………………………… 6
　　自　由 …………………………………………… 6
　　平　等 …………………………………………… 7
　　公　正 …………………………………………… 7
　　法　治 …………………………………………… 7
　　爱　国 …………………………………………… 7
　　敬　业 …………………………………………… 7
　　诚　信 …………………………………………… 8
　　友　善 …………………………………………… 8
依法治国颂　二首 …………………………………… 8
十八届三中全会赞　二首 …………………………… 9

世博会　四首 ··· 9
亚运组诗　六首 ··· 10
　　激情亚运 ··· 10
　　和谐亚洲 ··· 10
　　体育健儿 ··· 11
　　赞吉祥物 ··· 11
　　赞志愿者 ··· 11
　　七绝联句 ··· 11
圆梦启航 ·· 11
金砖会晤 ·· 12
咏十八大 ·· 12
喜迎十九大 ··· 12
圆梦之路 ·· 13
改革开放四十周年赞 ··· 13
贺祖国六十华诞 ··· 13
贺政协六十周年 ··· 14
建党九十周年感赋 ·· 14
香港回归十年感赋 ·· 14
百年梦圆世博会（续诗）··· 15
喜迎奥运 ·· 15
2010广州亚运会（嵌字七律）································· 15
赞解放军三军仪仗队　三首 ····································· 16
　　一、陆军 ··· 16
　　二、海军 ··· 16
　　三、空军 ··· 16
步韵奉和　三首 ··· 17

步毛泽东《长征》韵……………………………… 17
　　步毛泽东《和郭沫若》韵………………………… 17
　　步毛泽东《答友人》韵…………………………… 17
浪淘沙·大阅兵………………………………………… 18
鹧鸪天·欢呼党的十六大……………………………… 18
雨霖铃·为党十七大而作……………………………… 18
多丽·欢呼十八大……………………………………… 19
望海潮·赞文化强邦…………………………………… 19
满庭芳·美丽中国……………………………………… 20
八声甘州·新中国六十五周年诞辰…………………… 20
临江仙·神七礼赞……………………………………… 20
齐天乐·贺神舟载人飞天成功………………………… 21
满庭芳·神十飞天有感………………………………… 21
临江仙·喜迎嫦娥二号………………………………… 22
满庭芳·神十成功返回………………………………… 22
浪淘沙·北京申奥成功感赋…………………………… 22
卜算子·伦敦奥运会…………………………………… 23
鹧鸪天·精彩青运……………………………………… 23

人间真情

盛世怀古　六首
　　——纪念毛泽东诞辰一百二十周年…………………… 27
　　韶　山………………………………………………… 27
　　井冈山………………………………………………… 27
　　娄山关………………………………………………… 27
　　遵　义………………………………………………… 27
　　延　安………………………………………………… 28

　　　　北　　京……………………………………………… 28
歌颂领袖　八首……………………………………………… 28
　　　　毛泽东颂………………………………………………… 28
　　　　周恩来颂………………………………………………… 28
　　　　邓小平颂………………………………………………… 29
　　　　怀刘少奇………………………………………………… 29
　　　　颂朱德元帅……………………………………………… 29
　　　　颂陈毅元帅……………………………………………… 29
　　　　颂任弼时………………………………………………… 30
　　　　颂林伯渠………………………………………………… 30
咏毛泽东赞彭祖……………………………………………… 30
观《彭总返乡》后感………………………………………… 31
咏鲁迅………………………………………………………… 31
纪念鲁迅……………………………………………………… 31
纪念蒲风诞辰一百周年　二首……………………………… 32
纪念邓拓百周年诞辰　四首………………………………… 32
缅怀邓叔群院士……………………………………………… 34
纪念林白水先生……………………………………………… 34
忆李继松将军　二首………………………………………… 35
项南颂………………………………………………………… 36
赞优秀科学家林兰英………………………………………… 36
赞紫金人……………………………………………………… 36
赞印尼吴能彬博士…………………………………………… 37
赞三线建设者………………………………………………… 37
赞公安民警…………………………………………………… 37
龙岩彭氏赞　七首…………………………………………… 38

长汀古城彭氏…………………………………… 38
　　　长汀童坊彭氏…………………………………… 38
　　　新罗龙门赤水村彭氏…………………………… 38
　　　新罗红坊岭背村彭氏…………………………… 38
　　　武平彭氏………………………………………… 38
　　　上杭彭氏………………………………………… 39
　　　永定彭氏………………………………………… 39
赞林朝绥　二首……………………………………… 39
赞老校长……………………………………………… 40
赞周建新……………………………………………… 40
贺周新发吟长获奖…………………………………… 40
校庆寄恩师…………………………………………… 40
七夕情人节…………………………………………… 41
端阳寄友……………………………………………… 41
赠挚友………………………………………………… 41
寄故友………………………………………………… 41
欢会莆田……………………………………………… 42
盼厦门聚会…………………………………………… 42
咏厦门聚会…………………………………………… 42
羊年咏友……………………………………………… 42
慈母吟　六首………………………………………… 43
赠爱妻………………………………………………… 44
咏明昭贤弟…………………………………………… 44
赠龙甥………………………………………………… 44
家庭赠诗　十首……………………………………… 45
　　　泉腾婚庆………………………………………… 45

兔年示儿·· 45
　　贺宏璟成人·· 45
　　宏璟赴美　二首·· 45
　　致小宣蓉·· 46
　　宝妹吟诗·· 46
　　咏新景周岁·· 46
　　咏新淇·· 46
　　寄语麒玮·· 47
"钻石婚"颂·· 47
陈绥华老中医百岁寿诞·· 47
光涵主任九旬寿庆·· 48
赵玉林老师期颐荣庆·· 48
会资教授八旬双庆·· 48
步韵卓老《七秩初度》·· 49
茅老师七秩寿庆·· 49
开基兄七旬寿庆·· 49
英妹花甲双庆·· 49
和春莺《五十感怀》·· 50
附：施春莺《五十感怀》······································ 50
春风醉牡丹
　　——北大阮桂海与居厦学友欢聚牡丹酒楼············ 50
附：余元钱原玉·· 51
附：林文聪原玉·· 51
赠连池吟长·· 51
和唐杰七夕·· 52
附：唐杰《七夕》·· 52

赠碧莲学妹
　　——一九六四年高考前夕佚诗 …………………………… 52
寄云昌吟长 ……………………………………………………… 52
赞许汉东 ………………………………………………………… 53
赠洛伦表兄 ……………………………………………………… 53
痛悼赵玉林老师 ………………………………………………… 53
追思卓冰清学长 ………………………………………………… 54
悼翟启明吟长 …………………………………………………… 54
痛悼霍云贤侄 …………………………………………………… 54
痛悼福铭学兄 …………………………………………………… 55
痛悼兰姨 ………………………………………………………… 55
吊清坤弟 ………………………………………………………… 55
痛悼新萍 ………………………………………………………… 56
重　逢 …………………………………………………………… 56
示骞智兄弟　三首 ……………………………………………… 56
采桑子·重阳忆友 ……………………………………………… 58
江城子·忆慈母 ………………………………………………… 58
应天长·慈父逸闻　二首 ……………………………………… 58
沁园春·赞王庆新院长 ………………………………………… 59
江城子·赞韩良淑大护法 ……………………………………… 59
玉蝴蝶·赞廷林吟长 …………………………………………… 60
水调歌头·纪念邓小平诞辰一百一十周年 …………………… 60

感事即兴

回　乡 …………………………………………………………… 63
乡　音 …………………………………………………………… 63
自　题 …………………………………………………………… 63

遐　思	63
偶　感	64
早　起	64
夜　读	64
郊　游	64
听　雨	65
舞　龙	65
龙年有感	65
集美龙舟赛	65
贺"中国诗词之乡"	66
忆营盘中学	66
高陂中学华诞	66
桂林研讨会	66
咏书圣	67
彭飞书法展	67
读余剑峰《书痕心影》	67
读王如柏《劲草金秋》	67
读春莺《百花诗》	68
读李英新诗	68
丙申北京诗词峰会	68
贺南海游学友	68
福州市楹联会换届	69
寄紫金诸君　二首	69
读致歉信　二首	69
读陶渊明诗有感　三首	70
读《心梦情缘》　六首	71

关　山 …………………………………………………… 71
　　秦凯音 …………………………………………………… 71
　　章　雯 …………………………………………………… 71
　　凌淑芬 …………………………………………………… 71
　　杨秀玉 …………………………………………………… 71
　　汪　丹 …………………………………………………… 72
附：颜玉华读《心梦情缘》 …………………………………… 72
　　关　山 …………………………………………………… 72
　　秦凯音 …………………………………………………… 72
　　章　雯 …………………………………………………… 72
　　凌淑芬 …………………………………………………… 72
　　杨秀玉 …………………………………………………… 73
　　汪　丹 …………………………………………………… 73
读鲁迅杂文有感　四首 ………………………………………… 73
读《兰亭序》感赋　二首 ……………………………………… 74
读《映日荷花》 ………………………………………………… 75
读稼轩词感赋 …………………………………………………… 75
开卷有益 ………………………………………………………… 76
观宜兴周前翔画马　二首 ……………………………………… 76
惜　春 …………………………………………………………… 76
季春感怀 ………………………………………………………… 77
春雷随想 ………………………………………………………… 77
春节见闻 ………………………………………………………… 77
庆元宵 …………………………………………………………… 77
踏青拾句　二首 ………………………………………………… 78
逢春写怀 ………………………………………………………… 78

初夏抒怀……………………………………………… 78
中秋思亲　二首……………………………………… 79
秋　趣………………………………………………… 79
乙未中秋步韵开富宗兄………………………………… 79
附：彭开富、彭铸原玉………………………………… 80
　　彭开富……………………………………………… 80
　　彭　铸……………………………………………… 80
重　阳………………………………………………… 80
重阳有感……………………………………………… 80
两度重阳……………………………………………… 81
重阳即兴……………………………………………… 81
重阳即事……………………………………………… 81
腊月感怀……………………………………………… 81
感事　五首…………………………………………… 82
　　股　市…………………………………………… 82
　　房　价…………………………………………… 82
　　评　话…………………………………………… 82
　　醉　驾…………………………………………… 82
　　"小　三"………………………………………… 82
无　题
　　——难忘十年浩劫………………………………… 83
武平扶贫感赋………………………………………… 83
抗震感赋……………………………………………… 83
抗洪歌………………………………………………… 84
抗击雪灾……………………………………………… 84
抗击"非典"………………………………………… 84

师大百周年志庆·· 84

仙游一中一百一十一周年华诞··································· 85

中管院学术委三十华诞··· 85

百六峰诗社二百年庆
　　——步韵奉和陈明安社长原玉························· 85

华夏诗联书画院十年庆·· 86

省诗词学会三十周年·· 86

省技经研究会三十周年·· 86

六盘水建市三十周年·· 87

融光诗社三十周年··· 87

大族谱协会十周年志庆·· 87

彭氏福州委员会换届·· 88

省生态农业研究会成立·· 88

书香会成立··· 88

省海峡民生诗词研究社成立······································ 89

彭祖文化研究会成立·· 89

海南彭祖文化研究会成立··· 89

黄帝故里拜祖·· 90

公祭彭祖大典·· 90

武夷山彭祖文化节　二首··· 90

徐州彭祖文化节··· 91

槟城彭祖文化节··· 91

彭山彭祖文化节··· 91

深圳彭祖文化节··· 92

海南彭祖文化节··· 92

安徽彭氏联谊大会··· 92

学友聚会感念　三首……………………………… 93
闲情偶寄………………………………………… 93
联谊舞会　二首………………………………… 94
遥寄学友………………………………………… 94
回黔观光感咏…………………………………… 95
六盘水感赋……………………………………… 95
街头掠影………………………………………… 95
乡　　愁………………………………………… 96
附：颜玉华诗　二首…………………………… 96
　　劝　　笛…………………………………… 96
　　自强赞……………………………………… 96
坊间偶记………………………………………… 97
禁毒日遐思　二首……………………………… 97
立雪传人同登九日山感赋……………………… 97
丁酉年鸡日抒怀………………………………… 98
履新有感　二首………………………………… 98
诗为时吟　二首………………………………… 99
养生十诀　十首………………………………… 99
　　慈善理念…………………………………… 99
　　素食为主…………………………………… 99
　　注重饮茶…………………………………… 100
　　动静相宜…………………………………… 100
　　按时作息…………………………………… 100
　　人际和睦…………………………………… 100
　　良好环境…………………………………… 101
　　师表职业…………………………………… 101

灵空心性…………………………………… 101
　　爱好广泛…………………………………… 101
正气歌　四首………………………………… 102
　　赞陈茂训…………………………………… 102
　　赞应长余…………………………………… 102
　　赞三英雄…………………………………… 103
　　赞方如才…………………………………… 103
泉州扶贫调研　八首………………………… 104
　　周玉堂会长………………………………… 104
　　泉港惠屿岛………………………………… 104
　　惠安潮乐文化村…………………………… 104
　　永春鼎山茶………………………………… 105
　　安溪茶校…………………………………… 105
　　安溪茶都…………………………………… 105
　　海西沼气第一镇…………………………… 106
　　西沙烈士庙………………………………… 106
水调歌头·兰亭怀古…………………………… 107
水调歌头·读《兰亭序》……………………… 107
一剪梅·中秋感怀……………………………… 107
喝火令·童年忆趣……………………………… 108
满庭芳·三线建设回访感赋…………………… 108
汉宫春·咏珲春紫金…………………………… 108
高阳台·贺多铜投产…………………………… 109
沁园春·贺省工商银行干校校庆……………… 109
乳燕飞………………………………………… 110
满庭芳·书怀…………………………………… 110

玉蝴蝶·读《滴泉居词稿》感赋……………………… 111

吟物寄意

步碧莲《我有一支笔》………………………………… 115
附：碧莲等吟友原玉………………………………… 115
  杨碧莲………………………………………… 115
  余元钱………………………………………… 115
  林文聪………………………………………… 116
龙　腾……………………………………………… 116
龙　相……………………………………………… 116
咏　马……………………………………………… 116
老　马……………………………………………… 117
宝马赞　二首……………………………………… 117
  的　卢………………………………………… 117
  赤　兔………………………………………… 117
金马踏春…………………………………………… 117
领头羊……………………………………………… 118
属羊人……………………………………………… 118
颂鸡五德　五首…………………………………… 118
  一、文　德…………………………………… 118
  二、武　德…………………………………… 118
  三、勇　德…………………………………… 119
  四、仁　德…………………………………… 119
  五、信　德…………………………………… 119
白　鹭……………………………………………… 119
咏　雁……………………………………………… 119
咏　蚕……………………………………………… 120

咏　月 …………………………………………… 120
月　夜 …………………………………………… 120
雨　后 …………………………………………… 120
观　海 …………………………………………… 121
咏　桥 …………………………………………… 121
源　泉　二首 …………………………………… 121
竹　器 …………………………………………… 122
慈父爱竹 ………………………………………… 122
观春晚　二首 …………………………………… 122
中国第一大金矿 ………………………………… 123
企业家协会 ……………………………………… 123
陈景河慈善基金会 ……………………………… 123
咏《彭祖观井图》 ……………………………… 123
贺《雁翎集》出版 ……………………………… 124
《诗海》第十卷出版 …………………………… 124
《警世百吟》付梓 ……………………………… 124
《古稀游世界》付梓 …………………………… 124
《福建金融》百期之庆　二首 ………………… 125
《百年中国》刊行 ……………………………… 125
《徐州彭氏族谱》刊行 ………………………… 125
贺王庆新院长书展　二首 ……………………… 126
贺沈一丹书画展 ………………………………… 126
岳麓书院 ………………………………………… 126
立雪书院 ………………………………………… 127
立雪书院南院 …………………………………… 127
淘江书院重建 …………………………………… 127

附：陈明安《淘江书院重建感赋》……………… 128
植树节 ……………………………………………… 128
古城新貌 …………………………………………… 128
上元观灯 …………………………………………… 129
瞻云寄兴 …………………………………………… 129
咏　镜 ……………………………………………… 129
咏生春红古砚　二首 ……………………………… 130
十二生肖诗　十二首 ……………………………… 130
　　咏　鼠 ………………………………………… 130
　　咏　牛 ………………………………………… 130
　　咏　虎 ………………………………………… 131
　　咏　兔 ………………………………………… 131
　　咏　龙 ………………………………………… 131
　　咏　蛇 ………………………………………… 131
　　咏　马 ………………………………………… 131
　　咏　羊 ………………………………………… 132
　　咏　猴 ………………………………………… 132
　　咏　鸡 ………………………………………… 132
　　咏　狗 ………………………………………… 132
　　咏　猪 ………………………………………… 132
醉太平·腊鼓催春 ………………………………… 133
沁园春·"一带一路"感赋 ……………………… 133
鹧鸪天·论诗中应有我 …………………………… 133
一剪梅·雁影 ……………………………………… 134
龙　门 ……………………………………………… 134
小浪底 ……………………………………………… 134

天安门	135
归来亭	135
黄河颂（嵌字七绝）	135
登泰山	135
杜甫故里	136
杜甫江阁	136
罗源碧岩寺	136
孟门山	136
筼筜即景	137
壶口瀑布	137
九龙壁	137
金粟寺	137
黄山迎客松	138
何岭古道	138
西湖泛舟	138
咏五虎山	138
神农谷十咏	139
珠帘瀑布	139
树抱石	139
黑龙潭	139
石板滩	139
试鞭石	139
神龙瀑布	140
龙潭天河	140
狮子岩	140
芳草鹿原	140

银杉群落……………………………………………… 140
六盘水行　五首……………………………………… 141
孔孟故里行　四首…………………………………… 142
　祭孔大典……………………………………………… 142
　尼山书院……………………………………………… 142
　孟　庙………………………………………………… 142
　太白楼………………………………………………… 142
桂林纪游　十九首…………………………………… 143
　漓　江………………………………………………… 143
　象鼻山………………………………………………… 143
　猫儿山………………………………………………… 143
　八角寨………………………………………………… 143
　尧　山………………………………………………… 144
　宝鼎瀑布……………………………………………… 144
　榕　湖………………………………………………… 144
　杉　湖………………………………………………… 144
　桂　湖………………………………………………… 145
　木龙湖………………………………………………… 145
　龙脊梯田……………………………………………… 145
　王　城………………………………………………… 145
　阳　朔………………………………………………… 145
　独秀峰………………………………………………… 146
　西　街………………………………………………… 146
　芦笛岩………………………………………………… 146
　灵　渠………………………………………………… 146
　印象刘三姐…………………………………………… 146

桂海碑林……………………………………147
苏州行　九首………………………………………147
　　拙政园……………………………………147
　　寒山寺……………………………………147
　　虎丘山……………………………………147
　　留　园……………………………………148
　　沧浪亭……………………………………148
　　报恩寺……………………………………148
　　狮子林……………………………………148
　　盘门景区…………………………………148
　　苏州博物馆………………………………149
溪山揽胜……………………………………………149
彭城行　二首………………………………………149
喜游瑞云山　二首…………………………………150
上杭赞歌　十二首…………………………………150
　　古田会址…………………………………150
　　才溪乡……………………………………150
　　临江楼……………………………………151
　　文昌阁……………………………………151
　　瓦子坪……………………………………151
　　时雨碑……………………………………151
　　太忠庙……………………………………151
　　流芳坊……………………………………152
　　孔　庙……………………………………152
　　老　街……………………………………152
　　紫金山……………………………………152

冠军林丹···152

仙游行　十首···153
　　　湄洲岛···153
　　　九鲤湖···153
　　　麦斜岩···153
　　　菜溪岩···153
　　　天马山···153
　　　东岩山···154
　　　石室岩···154
　　　紫霄岩···154
　　　壶公山···154
　　　九龙岩···154

巴山蜀水行　十八首···155
　　　长寿广场···155
　　　彭祖雕像···155
　　　彭祖山···155
　　　彭祖祠···155
　　　彭祖墓···155
　　　长寿城···156
　　　仙女山···156
　　　都江堰···156
　　　彭祖峰···156
　　　椿仙行道···156
　　　古蜀彭国···157
　　　丹景山牡丹···157
　　　彭水悠悠···157

彭家楼子 …………………………………… 157
　　家珍将军祠 ………………………………… 157
　　武侯祠 ……………………………………… 158
　　杜甫草堂 …………………………………… 158
　　三峡美 ……………………………………… 158
罗源玉廪行　三首 ……………………………… 158
洞庭湖十吟 ……………………………………… 159
　　洞庭湖 ……………………………………… 159
　　岳阳楼 ……………………………………… 159
　　屈子祠 ……………………………………… 160
　　杜甫墓 ……………………………………… 160
　　柳毅井 ……………………………………… 160
　　湘妃祠 ……………………………………… 160
　　龙州书院 …………………………………… 160
　　君山银针 …………………………………… 161
　　张谷英村 …………………………………… 161
　　平江起义纪念馆 …………………………… 161
鄱阳湖组诗　十首 ……………………………… 161
　　鄱阳湖 ……………………………………… 161
　　滕王阁 ……………………………………… 161
　　庐　山 ……………………………………… 162
　　谷帘泉 ……………………………………… 162
　　陶渊明故居 ………………………………… 162
　　南昌起义纪念馆 …………………………… 162
　　龙虎山 ……………………………………… 162
　　三清山 ……………………………………… 163

  景德镇……………………………………………………163

  共青城……………………………………………………163

最美庐山　十三首……………………………………………163

  庐山雾……………………………………………………163

  庐山瀑布…………………………………………………163

  五老峰……………………………………………………164

  三叠泉……………………………………………………164

  含鄱口……………………………………………………164

  锦绣谷……………………………………………………164

  仙人洞……………………………………………………164

  如琴湖……………………………………………………165

  花　径……………………………………………………165

  芦林湖……………………………………………………165

  白鹿洞书院………………………………………………165

  庐山博物馆………………………………………………165

  毛主席诗碑园……………………………………………166

湄潭吟　六首…………………………………………………166

  天下第一壶………………………………………………166

  天下第一道………………………………………………166

  天下第一福………………………………………………166

  状元阁……………………………………………………167

  茶圣亭……………………………………………………167

  同心锁……………………………………………………167

附：李季能湄潭吟和诗………………………………………167

  天下第一壶………………………………………………167

  天下第一道………………………………………………168

天下第一福……………………………………… 168
　　状元阁…………………………………………… 168
　　茶圣亭…………………………………………… 168
　　同心锁…………………………………………… 168
杭州西湖吟　十首………………………………… 169
　　苏堤春晓………………………………………… 169
　　曲院风荷………………………………………… 169
　　平湖秋月………………………………………… 169
　　断桥残雪………………………………………… 169
　　柳浪闻莺………………………………………… 170
　　花港观鱼………………………………………… 170
　　雷峰夕照………………………………………… 170
　　三潭印月………………………………………… 170
　　南屏晚钟………………………………………… 170
　　双峰插云………………………………………… 171
张家界组诗　十二首……………………………… 171
　　武陵源…………………………………………… 171
　　天子山…………………………………………… 171
　　神堂湾…………………………………………… 171
　　画　廊…………………………………………… 171
　　杨家界…………………………………………… 172
　　袁家界…………………………………………… 172
　　黄石寨…………………………………………… 172
　　金鞭溪…………………………………………… 172
　　黄龙洞…………………………………………… 172
　　宝峰湖…………………………………………… 173

湘西大剧院……173
　　天门山……173
长白山七首……173
　　长白山……173
　　天　池……173
　　白云峰……174
　　聚龙泉……174
　　长白瀑布……174
　　绿渊潭……174
　　地下森林……174
扬州行　十三首……175
　　瘦西湖……175
　　大虹桥……175
　　五亭桥……175
　　白　塔……175
　　钓鱼台……175
　　月　观……176
　　徐　园……176
　　大明寺……176
　　平山堂……176
　　何　园……176
　　个　园……177
　　凤凰岛……177
　　古街巷……177
黄河颂（律诗联句）……177
咏昙石山……178

岳阳楼 …………………………………………… 178
大蜚山 …………………………………………… 178
六盘水纪游 六首 ……………………………… 179
  丹霞山 ………………………………………… 179
  碧云洞 ………………………………………… 179
  玉舍森林公园 ………………………………… 179
  麒麟洞 ………………………………………… 180
  桃花洞 ………………………………………… 180
  滴水滩 ………………………………………… 180
高阳台·黄河颂 ………………………………… 181
高阳台·三上长白山 …………………………… 181
汉宫春·咏峨眉山 ……………………………… 181
南乡子·庐山仙人洞 …………………………… 182
人月圆·西湖赏月 ……………………………… 182
汉宫春·登岳阳楼 ……………………………… 182
阮郎归·水城望月 ……………………………… 183
汉宫春·登黄鹤楼 ……………………………… 183
临江仙·神农谷 ………………………………… 183
汉宫春·炎帝陵 ………………………………… 184
朝中措·长堤漫步 ……………………………… 184

花木情思

咏　竹 …………………………………………… 187
画　竹 …………………………………………… 187
咏苍松 …………………………………………… 187
咏牡丹 六首 …………………………………… 187
  红牡丹 ………………………………………… 187

粉牡丹…………………………………………………… 188

紫牡丹…………………………………………………… 188

黄牡丹…………………………………………………… 188

白牡丹…………………………………………………… 188

绿牡丹…………………………………………………… 188

咏梅 五首…………………………………………………… 189

红 梅…………………………………………………… 189

寒 梅…………………………………………………… 189

瓶 梅…………………………………………………… 189

蜡 梅…………………………………………………… 189

三角梅…………………………………………………… 190

咏兰花 五首………………………………………………… 190

墨 兰…………………………………………………… 190

春 兰…………………………………………………… 190

蕙 兰…………………………………………………… 190

剑 兰…………………………………………………… 190

寒 兰…………………………………………………… 191

咏莲花 十三首……………………………………………… 191

西湖荷池 二首………………………………………… 191

南普陀荷花……………………………………………… 192

并蒂莲…………………………………………………… 192

晨起观荷………………………………………………… 192

秋夜梦莲………………………………………………… 192

秋莲图…………………………………………………… 193

睡 莲…………………………………………………… 193

题碧莲荷花照…………………………………………… 193

咏老荷　二首	193
水　仙	194
凌霄花	194
山茶花	194
刺桐花	194
杜　鹃	195
步韵碧莲《咏蔷薇》	195
附：碧莲等吟友《咏蔷薇》原玉	195
杨碧莲	195
林文聪	195
礼庆贵	196
周大晨	196
王智钧	196
咏　菊	196
咏月季	197
咏杜鹃	197
咏茶花	197
临江仙·咏兰花	198
临江仙·咏桂花	198
一剪梅·咏梅	198
临江仙·梅花图	199
太常引·咏竹	199
三字令·题竹	199
采桑子·贺茉莉花茶申遗成功	200

春风海峡

中山纪念堂	203

故宫博物院	203
游金厦海域	203
"陈江会"有感	203
金门祭祖	204
新竹恳亲	204
同安寻根	204
两岸同庆	204
海峡望月	205
登方舟号游轮	205
海峡百姓论坛　二首	205
赞台湾彭姓总会	206
赞《家谱史话》	206
台湾彭姓总会会长礼赞　九首	206
赞炳进顾问	206
赞国全创会长	206
赞绍贤会长（二届）	207
赞钰明会长（三届）	207
赞德亮会长（四届）	207
赞泓玮会长（五届）	207
赞明基监事长	207
赞新竹县荣芳会长	208
赞新竹县素华会长	208
笔伐李登辉	208
大马彭氏总会五周年庆	208
雪直彭氏联宗会六十华诞	208
昔加末彭氏联宗会六十华诞	209

砂拉越彭氏公会三十五周年……………………… 209
世彭组诗　四首…………………………………… 209
追念情系两岸诸会长、宗长　八首……………… 210
　　咏水井会长………………………………………… 210
　　咏培胜会长（美国南加州彭氏宗亲会培胜会长）……… 210
　　咏元辉会长………………………………………… 211
　　咏海康宗长………………………………………… 211
　　咏河泉宗长………………………………………… 211
　　咏高衡宗长………………………………………… 211
　　咏宜甦宗长　二首………………………………… 212
　　咏彭灵宗长………………………………………… 212
彭延年公千年诞辰………………………………… 212
汝砺公纪念堂落成庆典…………………………… 213
固始"根亲文化"…………………………………… 213
贺《大彭史记》出版……………………………… 214
彭飞八修《夏邑彭氏大族谱》…………………… 214
虹山彭氏八修宗谱………………………………… 214
咏马路祖厝………………………………………… 215
《泉港头北人闽台同宗村》刊行………………… 215
水调歌头·闽台彭姓论坛………………………… 216

史海泛舟

颂海瑞……………………………………………… 219
咏杜甫……………………………………………… 219
怀杜甫……………………………………………… 219
孔子颂……………………………………………… 219
李清照　二首……………………………………… 220

辛亥革命赞 …………………………………………… 220
郑和颂 ………………………………………………… 220
陶靖节祠 ……………………………………………… 221
赞陈洪进 ……………………………………………… 221
杜甫颂 ………………………………………………… 221
蔡襄颂 ………………………………………………… 222
赞辛弃疾 ……………………………………………… 222
林则徐颂 ……………………………………………… 222
颂林披公 ……………………………………………… 223
纪念梁章钜 …………………………………………… 223
赞施世纶 ……………………………………………… 223
赞吴英将军 …………………………………………… 224
纪念辛亥革命一百周年 ……………………………… 224
孙中山颂 ……………………………………………… 224
颂彭家珍大将军 ……………………………………… 225
纪念林森 ……………………………………………… 225
林慎思赞 ……………………………………………… 225
妈祖颂 ………………………………………………… 226
三平祖师颂 …………………………………………… 226
清水祖师颂 …………………………………………… 226
清官颂 ………………………………………………… 227
斥贪官 ………………………………………………… 227
金粟寺高僧赞　十七首 ……………………………… 227
　　康僧会法师 …………………………………… 227
　　密云圆悟禅师 ………………………………… 228
　　费隐通容禅师 ………………………………… 228

隐元隆琦禅师 ………………………………………… 228
　　三峰法藏禅师 ………………………………………… 228
　　五峰如学禅师 ………………………………………… 228
　　破山海明禅师 ………………………………………… 229
　　木陈道忞禅师 ………………………………………… 229
　　石车通乘禅师 ………………………………………… 229
　　浮石通贤禅师 ………………………………………… 229
　　百痴元禅师 …………………………………………… 229
　　孤云鉴禅师 …………………………………………… 230
　　石奇通云禅师 ………………………………………… 230
　　朝宗通忍禅师 ………………………………………… 230
　　万如通微禅师 ………………………………………… 230
　　林野通奇禅师 ………………………………………… 230
　　牧云通门禅师 ………………………………………… 231
冰如公赞 …………………………………………………… 231
风入松·炎帝颂 …………………………………………… 232
水调歌头·赞张謇 ………………………………………… 232
八声甘州·闽王颂 ………………………………………… 232
满江红·咏成吉思汗 ……………………………………… 233
八声甘州·纪念林则徐诞辰二百三十周年 ……………… 233
唐多令·端阳节凭吊屈原 ………………………………… 233
满江红·赞"天下第一清官"施世纶 …………………… 234
高阳台·怀杜甫 …………………………………………… 234
朝中措·纪念李清照 ……………………………………… 234
满江红·甲午海战百廿周年祭 …………………………… 235
满江红·辛亥百年颂 ……………………………………… 235
满江红·纪念抗日战争胜利七十周年 …………………… 235

高阳台·赞红军长征八十周年…………………………… 236

百家姓礼赞

陈姓礼赞……………………………………………… 239
林姓礼赞……………………………………………… 239
黄姓礼赞……………………………………………… 239
张姓礼赞……………………………………………… 240
吴姓礼赞……………………………………………… 240
李姓礼赞……………………………………………… 240
王姓礼赞……………………………………………… 241
郑姓礼赞……………………………………………… 241
刘姓礼赞……………………………………………… 241
杨姓礼赞……………………………………………… 242
蔡姓礼赞……………………………………………… 242
叶姓礼赞……………………………………………… 242
许姓礼赞……………………………………………… 243
谢姓礼赞……………………………………………… 243
苏姓礼赞……………………………………………… 243
曾姓礼赞……………………………………………… 244
周姓礼赞……………………………………………… 244
洪姓礼赞……………………………………………… 244
郭姓礼赞……………………………………………… 245
朱姓礼赞……………………………………………… 245
罗姓礼赞……………………………………………… 245
赖姓礼赞……………………………………………… 246
何姓礼赞……………………………………………… 246
丘（邱）姓礼赞……………………………………… 246

徐姓礼赞 …………………………………………… 247
庄姓礼赞 …………………………………………… 247
江姓礼赞 …………………………………………… 247
沈姓礼赞 …………………………………………… 248
余姓礼赞 …………………………………………… 248
萧姓礼赞 …………………………………………… 248
廖姓礼赞 …………………………………………… 249
胡姓礼赞 …………………………………………… 249
卢姓礼赞 …………………………………………… 249
方姓礼赞 …………………………………………… 250
魏姓礼赞 …………………………………………… 250
潘姓礼赞 …………………………………………… 250
高姓礼赞 …………………………………………… 251
柯姓礼赞 …………………………………………… 251
戴姓礼赞 …………………………………………… 251
范姓礼赞 …………………………………………… 252
邓姓礼赞 …………………………………………… 252
傅姓礼赞 …………………………………………… 252
施姓礼赞 …………………………………………… 253
吕姓礼赞 …………………………………………… 253
翁姓礼赞 …………………………………………… 253
颜姓礼赞 …………………………………………… 254
钟姓礼赞 …………………………………………… 254
游姓礼赞 …………………………………………… 254
梁姓礼赞 …………………………………………… 255
孙姓礼赞 …………………………………………… 255
彭姓礼赞 …………………………………………… 255

詹姓礼赞……………………………………… 256
汤姓礼赞……………………………………… 256
邹姓礼赞……………………………………… 256
赵姓礼赞……………………………………… 257
连姓礼赞……………………………………… 257
阮姓礼赞……………………………………… 257
康姓礼赞……………………………………… 258
蒋姓礼赞……………………………………… 258
姚姓礼赞……………………………………… 258
温姓礼赞……………………………………… 259
卓姓礼赞……………………………………… 259
马姓礼赞……………………………………… 259
严姓礼赞……………………………………… 260
冯姓礼赞……………………………………… 260
曹姓礼赞……………………………………… 260
杜姓礼赞……………………………………… 261
唐姓礼赞……………………………………… 261
龚姓礼赞……………………………………… 261
章姓礼赞……………………………………… 262
纪姓礼赞……………………………………… 262
董姓礼赞……………………………………… 262
汪姓礼赞……………………………………… 263
陆姓礼赞……………………………………… 263
宋姓礼赞……………………………………… 263
俞姓礼赞……………………………………… 264
程姓礼赞……………………………………… 264
薛姓礼赞……………………………………… 264

涂姓礼赞…………………………………… 265
尤氏礼赞…………………………………… 265
童姓礼赞…………………………………… 265
熊姓礼赞…………………………………… 266
石姓礼赞…………………………………… 266
蓝姓礼赞…………………………………… 266
丁姓礼赞…………………………………… 267
韩姓礼赞…………………………………… 267
池姓礼赞…………………………………… 267
欧姓礼赞…………………………………… 268
官姓礼赞…………………………………… 268
饶姓礼赞…………………………………… 268
柳姓礼赞…………………………………… 269
白姓礼赞…………………………………… 269
袁姓礼赞…………………………………… 269
缪姓礼赞…………………………………… 270
阙姓礼赞…………………………………… 270
夏姓礼赞…………………………………… 270
姜姓礼赞…………………………………… 271
甘姓礼赞…………………………………… 271
骆姓礼赞…………………………………… 271
简姓礼赞…………………………………… 272
田姓礼赞…………………………………… 272
金姓礼赞…………………………………… 272
巫姓礼赞…………………………………… 273
倪姓礼赞…………………………………… 273

钱姓礼赞…………………………………………… 273
邵姓礼赞…………………………………………… 274
黎姓礼赞…………………………………………… 274
伍姓礼赞…………………………………………… 274
侯姓礼赞…………………………………………… 275
古姓礼赞…………………………………………… 275
毛姓礼赞…………………………………………… 275
辛姓礼赞…………………………………………… 276
粘姓礼赞…………………………………………… 276
关姓礼赞…………………………………………… 276
乐姓礼赞…………………………………………… 277
世姓礼赞…………………………………………… 277

盛世欢歌

国庆六十周年大阅兵 四首

(一)

六秩风云荡,人潮咏国歌。
三军豪气壮,检阅震山河。

(二)

飒爽英姿立,如枫似菊开。
雄兵驰剑戟,举国共欢杯。

(三)

银涛推白浪,四海奏威声。
众志金汤固,南疆筑铁城。

(四)

雄鹰凌巨阵, 浩气证丹心。
翔聚风雷势,兰天弹雅琴。

党旗颂 八首

(一)

南湖灯亮照神州，马列精英壮志酬。
任是航程多困苦，锤镰高举迈前猷。

(二)

南昌举义军魂铸，拔剑驰威战井冈。
万里长征撒火种，延安宝塔号声扬。

(三)

辽沈平津鏖战急，长江飞渡扫残云。
西南席卷铁军勇，风猎红旗赤县欣。

(四)

天安门耀五星旗，重整河山骏马骑。
共济和衷贤彦聚，中兴华夏映朝曦。

(五)

百废待兴勤建国，艰辛步履险滩多。
扫平浩劫民心聚，改革宏图奏凯歌。

(六)

奥运雄风圆国梦,真情世博异纷呈。
翱翔宇宙神舟颂,党史辉煌启远程。

(七)

防腐倡廉法制箴,惩贪除恶振民心。
修身治国平天下,立党为公共仰钦。

(八)

百业振兴科学重,千帆竞发创新篇。
中枢广纳英明策,盛世和谐万万年。

咏核心价值观

富 强

灿然九牧郁苍苍,国富民强达小康。
亿众同圆华夏梦,远瞻前景志轩昂。

民 主

人心舒畅政纲张,民意欣欣国运昌。
作主当家同焕彩,清明禹甸梦悠长。

文 明

彬彬有礼美言常,辞婉情柔聚瑞祥。
人爱爱人花绚丽,江山锦绣桂飘香。

和 谐

花开花落喜相迎,云卷云舒尽俊英。
鸟语花香风送爽,和谐华夏葆欣荣。

自 由

鸟飞鱼跃妙如神,细雨柔风笑语新。
自在自由尊道义,舒心快意梦成真。

平　等

阳光灿烂乐千家，雨露随心逗物华。
人海茫茫无贵贱，共权均利锦添花。

公　正

持心执法理为先，正义公权百姓天。
廉洁生明行大道，澄清玉宇谱新篇。

法　治

厉行法纪策勤功，惠政于民唱大风。
严守门规春意旺，民安国稳乐无穷。

爱　国

天下兴亡皆有责，庶民公仆爱尤真。
丹心一寸融豪气，追梦河山处处春。

敬　业

凝神奋志我痴心，精业攻坚百炼金。
乐以忘忧寻雅趣，清廉素位入芳林。

诚 信

难追驷马展鸿猷，诚实耕耘巧运筹。
正道良心呼至上，神州瞩目竞风流。

友 善

扶危济困抖精神，广洒深情侠义真。
四海五湖行善举，人生飞梦浩无垠。

依法治国颂 二首

（一）

国有纲常法为先，悠悠万事与民连。
永遵法度金汤固，虎跃龙腾乐百年。

（二）

治国安邦仰众贤，倡廉依法最关天。
圭璋挺惠英华秀，盛世清明奏管弦。

十八届三中全会赞 二首

（一）

民生图景绘新篇，回首悠然敢著鞭。
锐意前行铺锦绣，风骚独领德为先。

（二）

殷殷正气荡乾坤，活水清渠硕果繁。
再续南巡安盛世，神州处处鼓声喧。

世博会 四首

（一）

冠殿恢宏好胜游，一朝圆梦写春秋。
神州儿女腾龙志，海市凌宵展画楼。

（二）

沪上涛腾万客来，冠楼涌彩紫云开。
吉祥海宝堪心醉，锦绣蓝图细剪裁。

（三）

海西轮渡起鹏鲲，鹭岛武夷稀世珍。
最是祖妈恩泽厚，和风酥雨庇榕闽。

（四）

茅台河谷笑迎宾，少女银装总醉人。
避暑身心康健美，和谐盛世贵州亲。

亚运组诗 六首

激情亚运

羊城鼓震五洲闻，万马奔腾气若云。
艰险赛场多拼搏，中华赤子建殊勋。

和谐亚洲

浓浓赛意蕴高台， 虎将含情越秀来。
笑看体坛红似火，和谐天下绽玫瑰。

体育健儿

千锤万炼吐芬芳，鏖战群雄快意长。
历尽艰辛多挫折，国歌喜奏国旗扬。

赞吉祥物

祥和如意乐洋洋，圣火熊熊喜气扬。
十六花茎含笑舞，凯歌频奏九州香。

赞志愿者

不辞辛苦不言忙， 高雅清灵爱意长。
细雨泽心宾客润，柔情化作百花香。

七绝联句

和谐盛会五羊城，亚运健儿豪气呈。
跃马扬威频折桂，国旗扬起国歌声。

圆梦启航

乾坤朗朗赤旌扬，华夏腾飞焕乐章。
丝路和谐圆大梦，欢歌习帅耀征航。

金砖会晤

金砖盟会彩虹中，鹭岛琴声万国融。
再启新程酬壮志，大同圆梦逐东风。

咏十八大

黄河水激千重浪，华夏旗飘万里昂。
党彦聚京宏卷灿，核心掌舵运程昌。
河清海晏添琼彩，国泰民安跨小康。
革旧鼎新襄盛举，赞歌曲曲意悠长。

喜迎十九大

高扬红帜碧千寻，荟萃群英届会临。
追梦兴邦奔骏业，倡廉反腐壮雄心。
巨轮丝路真情远，国计民生眷意深。
翘首昂然夸北斗，中华崛起奏佳音。

圆梦之路

南湖旗展普天惊，九六春秋颂美名。
唤起工农书大业，振兴祖国赋真情。
清风引领鸿篇续，正气弘扬重担擎。
丝路齐歌宏运曲，中华圆梦泛新声。

改革开放四十周年赞

笙歌四秩铸辉煌，崛起东方豪气扬。
物阜民康丝路畅，军强国富党风昂。
人和景泰驰高铁，日丽云祥仗巨航。
大道康庄仁政沐，文明古国万年昌。

贺祖国六十华诞

华辰六秩喜空前，举国欢腾展笑妍。
钢铁三军威武壮，炎黄十亿凯歌旋。
荆花艳放欣双制，海峡新开证五缘。
焕彩江山民悦庆，和谐社会乐尧天。

贺政协六十周年

喜逢六秩仰群贤，风雨同舟壮史篇。
善策良谋千户祉，强民富国百花妍。
方圆两制荆花梦，又庆三通鲲岛联。
共济和衷常焕彩，神州万里艳阳天。

建党九十周年感赋

灯闪南湖风雨激，锤镰血染战旗红。
乾坤易主惊涛逐，华夏迎春伟业雄。
开放国门谋福祉，振兴科学仰恩隆。
航程九秩星空艳，再挂云帆竞大同。

香港回归十年感赋

紫荆花艳舞翩跹，璀璨香江正十年。
商集五洲成闹市，国行两制著先鞭。
繁荣景象开鸿福，浩荡春风绣锦篇。
华夏与君齐揽月，东方珠耀艳阳天。

百年梦圆世博会（续诗）

万客何辞仆仆尘，百年一梦恍然真。
邀来黄浦江心月，醉作青山画里人。
泊岸新朋夸盛会，凭栏佳景长精神。
龙腾虎岁明珠耀，浩浩中华处处春。

喜迎奥运

五环旗舞鸟巢妍，好运欣随奥运年。
跃虎腾龙燃圣火，厉兵秣马震云天。
并肩竞技金牌夺，携手争雄友谊传。
世界同心华表灿，千秋梦想即今圆！

2010广州亚运会（嵌字七律）

激越歌声卷巨澜，情怀赛趣跃征鞍。
盛兴华夏群英聚，会际珠江圣火抟。
和气凌云花竞秀，谐音映日志书丹。
亚人振臂洋洋乐，洲海腾波世界欢。

赞解放军三军仪仗队 三首

一、陆军

旌旗映日起风雷,铁血男儿侠气堆。
似虎声威惊世界,如枫戎甲耀京台。
春晖无限尽滋润,军旅有成如剪裁。
放眼和平呼剑胆,丰碑常仰菊常开。

二、海军

鼓涛斗浪傲长空,战士襟怀亘古同。
大爱有容东海水,冰心无欲北川风。
亚丁护道航灯绿,南域司疆霜日红。
更喜今朝千舰竞,威扬万里仰高嵩。

三、空军

金鹏张翼傲风霜,长啸云天豪气扬。
改革三旬呈勇武,腾飞九域献荣光。
千秋功业由经略,万里横空任凤翔。
莫道前程多拼搏,惊雷奋挟起东方。

步韵奉和 三首

步毛泽东《长征》韵

征途万里复兴难，风雨兼程莫等闲。
四海纵横斩大浪，千峰驰骋走泥丸。
倡廉反腐人心暖，科技强军敌胆寒。
华夏齐心图伟业，高歌一曲尽开颜。

步毛泽东《和郭沫若》韵

九州奋起若掀雷，捷报频传锦绣堆。
德政归心频送福，丰年入眼竞消灾。
飞天神箭凌云志，潜海蛟龙荡乱埃。
众盼小康民富裕，庆功盛宴唤君来。

步毛泽东《答友人》韵

春暖花开白鹭飞，登楼把酒笑微微。
改天换地夸豪气，革旧创新洗紫衣。
四季高歌天宝曲，八方齐颂物华诗。
九州大地春常在，国泰民安沐曙晖。

浪淘沙·大阅兵

京翰起英风，兵艳苍穹。军威浩荡国旗红。剑戟横空金甲闪，跃虎翔龙。　　卫国仗群雄！天涌晴虹，金汤永固和谐同。肃肃秋光仁义举，揽月珠峰。

鹧鸪天·欢呼党的十六大

启后承前壬午年，神州大治尽欢颜。群英盛会宏图绘，全面小康信念坚。　　"三代表"，永薪传，求真务实竞争先！与时俱进开新局，国富民强再奋鞭。

雨霖铃·为党十七大而作

飞花云树，光风入眼，丽日和煦。卅年改革开放，生机一派，奔康庄路。喜看华夏文明，而今春常驻。任宇内，电闪雷鸣，自是红旗九天舞。　　磨砻邓选滋雨露，创新篇，十七届堪赋。坚持科学发展，人为本，和谐旌举。兴我中华，发奋图强正擂春鼓。齐踊跃，亿兆一心，更有擎天柱。

多丽·欢呼十八大

雪中松，喜迎北国初冬。看神州，龙年盛会，红旗漫卷东风。任乌云，危机四伏，浊浪恶，雨雾浓浓。勇立潮头，昂扬奋发，凌云壮志寄长空。复兴路，蹈锋尝血，代代有英雄。争朝夕，承前启后，再建丰功。　　写春秋，和谐国策，送温暖记心中。最关情，小康百姓，谋发展，气贯长虹。共创新篇，与时跃进，飞天神女闹天宫！哪怕是，风霜坎坷，甘苦乐无穷。关山险，豪情万丈，跨越巅峰。

望海潮·赞文化强邦

飞扬旗帜，冲天号角，江山灿若银河。神九上天，蛟龙入海，春风盛世高歌。文化舞婆娑，喜神州兴盛，礼乐扬波。歌赋诗书，彩霞千里瑞云多。　　悠悠岁月如梭，看沧桑正道，伏虎降魔。扬善荐贤，存真去伪，乾坤再造剑重磨。前路莫蹉跎，赖自强不息，上下谐和。继往开来奋进，豪迈向嵯峨。

满庭芳·美丽中国

万水澄清，千山碧绿，喜迎大地更新。北滨南国，芳草总如茵。纵使风霜坎坷，甘苦里，就民魂。凭栏久，花香鸟语，把酒品甘醇。　　人民，谋发展，辉煌永续，梦想成真。五星飞异彩，浩气长存。几曲高歌唱响，文明赞，傲骨精神。争朝夕，腾龙翔凤，一举定乾坤。

八声甘州·新中国六十五周年诞辰

万里蓝天朵朵祥云，神州复兴年。看嫦娥落月，五洲纵横，一马当先。中国梦常回荡，价值记心间。长卷绘新页，百卉争妍。　　风景这边独好，海峡金桥架，两岸情牵。喜安邦大计，习李写鸿篇。黑包公，肃清贪腐，振民心，捷报越关山。书豪迈，彩霞如血，旗帜长传。

临江仙·神七礼赞

驰电奔雷追丽日，国旗舒展长空。出舱漫步傲苍穹。倩谁留脚印，夸父羡神功。　　十亿神州多俊杰，宇航七叩天宫。龙腾虎跃运正隆。嫦娥欣舞袖，尧舜驾长虹。

齐天乐·贺神舟载人飞天成功

载人飞梦千年盼，神舟奋腾霄汉。玉女扬花①，羲娥舞袖②，恭拥人间新伴。歌轻舞曼。喜黄帝龙巡③，九州相赞。伟壮杨郎，笑西风烈国旗展！　　频将太空秘探。正沙洲大漠，摩掌挥汗！富国强军，攻坚克难，自有英雄鏖战。中枢果敢。竞科技繁荣，美俄驱赶。再约瑶池，庆寰球灿烂。

【注】
① 指散花天女。
② 指羲和与嫦娥。
③ 指黄帝轩辕乘龙巡游。

满庭芳·神十飞天有感

难忘今宵，情牵神十，举头频望仙乡。宇天传道，中国足音强。人面桃花欲绽，春意闹，闻满庭芳。心陶醉，英雄儿女，神采总飞扬。　　常常，寻玉兔，天宫相伴，携手疏狂。嫦娥舞翩翩，尽诉衷肠。喜看九天揽月，圆梦想，写满诗囊。吴刚笑，几番把酒，万里酒飘香。

临江仙·喜迎嫦娥二号

寂寞蟾宫萦别梦，桂花落乱愁肠。倚阑望断九州乡。羡星回斗转，对镜竞盛妆。　　国富民强鸿运盛，喜闻二妹名扬。翱翔寰宇玉肌香。相逢频笑语，舒袖绽芬芳。

满庭芳·神十成功返回

震古瞻今，欢天喜地，畅听神十歌扬。太空科普，开讲奏铿锵。玉宇星空灿烂，航天路，功业流芳。凭阑久，俊英探秘，戈壁敢争强。　　昂昂，持彩练，双飞比翼，永闪光芒。十全好仙姿，银汉传觞。华夏频添捷报，不称霸，遍播和祥。中华梦，人间宫阙，神州早翱翔。

浪淘沙·北京申奥成功感赋

举国喜纷纷，舞闹歌频。百年梦卷醒狮欣。花拥五环飞华夏，笑泪如奔。　　圣火递情殷！拼搏金勋，体坛健儿备师勤。共济同舟迎奥赛，捷报盈门！

卜算子·伦敦奥运会

心逐雾都飞，人逗萌羊跃。奥赛乡歌彩气豪，更著风流搏。　　比试决高低，友谊筹帷幄。中国金牌唤旋风，笑看英雄乐！

鹧鸪天·精彩青运

展翅榕城金菊妍，体坛竞技铁心坚。扬帆破浪追星舞，夺冠争金捷报连。　　书壮志，傲峰巅，几回魂梦彩云牵！蛟龙拼搏雄风起，雏凤腾飞拓梦圆。

人间真情

盛世怀古 六首

——纪念毛泽东诞辰一百二十周年

韶 山

水秀山清上百年，润之出世驾云骈。
寒冬腊月红梅绽，铁骨铮铮颂圣贤。

井冈山

朱毛携手挽狂澜，叱咤风云敌胆寒。
风雨兼程多坎坷，豪情万丈越山峦。

娄山关

苍山如海映残阳，天下雄关雾色茫。
热血满腔军号吹，惊天泣鬼战沙场。

遵 义

天降神兵未息肩，挥师遵义著先鞭。
乾坤扭转红旗舞，漫步千山看杜鹃。

延 安

宝塔巍巍迎煦阳，运筹帷幄土窑房。
决胜千里诗词赋，满地牛羊圣地昌。

北 京

九州日月换新天，朗朗诗文万代传。
挥洒江山垂典范，巨龙狂舞仰新篇。

歌颂领袖 八首

毛泽东颂

中华豪杰垂青史，立地擎天第一人。
开国拓疆留浩气，强邦反霸铸精神。
书遗四卷播经典，诗诵千秋振兆民。
万里乾坤欣再造，小康锦绣九州春。

周恩来颂

忧国忧民总理贤，万机日理勇擎天。
一生辅弼刚柔济，四海盛衰悲喜牵。
亮节高风催奋进，远韬伟略独争先。
神州巨变龙腾跃，最爱君回续壮篇！

邓小平颂

邓公百岁神功颂,定国安邦万世春。
改革旋风催醒狮,创新巨浪促腾龙。
一生伟业彪青史,三卷雄文耀顶峰。
尧舜齐逢弘教化,中兴华夏诵真宗。

怀刘少奇

开国元勋遗恨多,奇冤大耻卷狂涛。
神州今日鲲鹏展,共说当年壮气豪。

颂朱德元帅

挥旗策马烟云激,重塑神州烁古今。
化雨春风凭热血,朱毛携手水熔金。

颂陈毅元帅

头颅敢掷国门前,百战烽烟壮志坚。
留得千秋豪气在,铮铮儒将笑南天。

颂任弼时①

刚毅祥和气自雄，骆驼重负五元功。
践行百步安危系，浩浩长天仰任翁。

【注】
任弼时早在二十世纪四十年代，就与毛泽东、刘少奇、周恩来、朱德并列，成为领导全党的"五大书记"之一。任弼时对事业始终恪守着"能坚持走一百步，就不该走九十九步"的准则。

颂林伯渠①

辛亥功勋与世传，促联国共着先鞭。
边区执政筹开国，五老相携创史篇。

【注】
① 林伯渠与董必武、吴玉章、徐特立、谢觉哉和并称为中共"五老"。

咏毛泽东赞彭祖

商贤世德述恩功，泽惠徐州永祚崇。
仰望导师聆妙颂，尧天舜日竞腾虹。

观《彭总返乡》后感

长忆家山故里行，风霜历尽即生平。
丹心来处归民意，谏语源头系国情。
创业维艰思善策，守成不易振华缨。
英豪一世雄风在，赢得身前身后名。

咏鲁迅

文坛萧索独彷徨，呐喊声中血与创。
侠骨柔肠来启者，精神卓荦永流芳。

纪念鲁迅

刀笔铁肩担义责，笑谈怒骂力千钧。
三更呐喊眈风雨，两地彷徨怅苦辛。
侠骨横眉雷电激，柔肠俯首爱慈真。
先生微笑天庭乐，血荐轩辕家国新。

纪念蒲风①诞辰一百周年 二首

(一)

诗吟流火去乡关,挥笔从戎君未还。
长夜茫茫钢铁唱,救亡烈士耀河山。

(二)

抗战诗成碧血真,皖南骤雨洗征尘。
摇篮歌育奇才女②,百载魂萦梦愈新。

【注】
① 《六月流火》《茫茫夜》《钢铁的歌唱》和《摇篮歌》皆蒲风著名诗篇。
② 蒲风之女黄安榕乃原福州市作家协会主席。

纪念邓拓百周年诞辰 四首

(一)

天下谁人不识君,燕山夜话旧惊闻,
丹忱难避城门火,泪洒河山化紫云。

(二)

年少能诗旷世才，壮怀默默振儒台。
文章卓荦奇光发，风骨精忠报国来。

(三)

笔舞蛇龙镇棘丛，雄心坦荡报章中。
披肝沥胆征蹄苦，铁骨铮铮气若虹。

(四)

不为虚名不为功，三家垂范德贤同。
百年留得豪情在，笑看神州大国风。

缅怀邓叔群院士①

异国求真热血投,耕耘乱世伟功酬。
白山踏遍寻真菌,黑水祈多建校楼①。
风雪频摧心志毁,蘑菇未谱②后人愁。
文章铭鼎传千古,百岁追怀动九州。

【注】
① 邓叔群院士在一九三九年出版《中国高等真菌》,奠定我国真菌学基础。
② 解放初期,邓叔群院士艰难创建沈阳农学院,培养大批优秀人才。
③ 邓叔群院士在"文革"中被迫害致死,未能重写巨著《蘑菇谱》,成为一大憾事。

纪念林白水先生

革新社会历艰虞,风骨铮铮一硕儒。
妙笔如刀蔑显贵,华章似帚涤尘污。
新闻立命心缠结,大众存胸口吐珠。
殉报以身真伟烈,丰碑千古耀闽都。

忆李继松将军① 二首

（一）

石头城里凄风冷，噩耗传来泣八闽。
雪压柳营六盘水，樽倾柏酒东海滨。
胸怀祖国豪情壮，心贴人民鱼水亲。
相约年关竟成梦，岁岁清明泪湿巾！

【注】
① 李继松中将，生前曾任中国人民解放军第三十一集团军政委、南京军区副政委。

（二）

南陲鏖战别关津，鹭岛回眸笑语频。
亮剑闽台欣聚首，横戈玄武恋分身。
将军重义情尤重，兵概真心爱更真。
欲酹滔滔东海水，邀来明月伴君巡！

项南颂

八闽常仰项公情,清气亭歌倜傥卿①。
山海真经筹伟业,侨台良政照新程。
放权松绑东溟浪,致富脱贫西部旌。
亮节英风民为重,贤名千古请长缨②。

【注】
① 清气亭乃民众为项南在冠豸山修建的纪念亭。
② 项南与邓小平、叶剑英等并称为"改革八贤"。

赞优秀科学家林兰英

兰心蕙质自从容,英气丰姿贯彩虹。
半导硅晶酬壮志,太空材料建奇功。
九龙十德贤人远,两弹一星巾帼雄。
且喜后仁追夙愿,神州良骏再乘风。

赞紫金人

笑傲天涯看紫金,挥鞭策马梦犹寻。
青峦留翠铺春色,汀水扬波奏雅琴。
拓展九州功业旺,远征四海世人歆。
英怀不坠凌云志,再缚五龙飞壮心。

赞印尼吴能彬博士①

平生不慕陶朱富，偏爱大同敢献身。
客属纵横酬善愿，侨居驰聘创宏勋。
外交天使神雄诵，华夏精灵雅范亲。
且待鲲鹏翱荡日，和谐四海报黎民。

【注】
① 吴能彬博士乃著名华族领袖，任印尼大同党总主席，亚细安（东盟）客属工会总会总主席、全球客家崇正总会会长等职。

赞三线建设者

当年鏖战战旗红，三线辉煌汗马功。
煤海腾龙天地煦，春潮溢彩矿山雄。
淋漓浓墨书宏史，淡泊清心励素衷。
艰苦精神传百世，后人接力仰高风。

赞公安民警

言行举止贵如金，废寝忘餐百姓钦。
除暴祛邪毋妄纵，安良扶正务忠忱。
春温秋肃恩威著，易俗移风法纪箴。
武纬文经勤职务，鞠躬尽瘁耀公心。

龙岩彭氏赞 七首

长汀古城彭氏

淮阳分脉粲簪缨，太傅家声旺古城。
化雨春风先泽润，名祠溢彩引繁英。

长汀童坊彭氏

祥公福泽入闽隆，派衍彭坊仕满功。
双耀将星多俊秀，恢宏先绪竞腾虹。

新罗龙门赤水村彭氏

尖笔山前赤水香，追源敬祖竞芬芳。
武魁典范家声远，重本敦伦映紫阳。

新罗红坊岭背村彭氏

兰溪迁播旺红坊，岭背清流送桂香。
创业敬宗崇古训，兴隆奕世永祯祥。

武平彭氏

荣华繁衍显宏程，源溯梅州瑞气生。
述信扬名延祖泽，书香百代奉隆盛。

上杭彭氏

青潭繁衍孕英贤，泽播安乡孝义传。
述信遗风思燕翼，箕裘克绍粲珠联。

永定彭氏

悠悠碑记永流芳，派脉分明奕韵香。
重教尊师铭祖德，水洋祥瑞启焜煌。

赞林朝绥 二首

（一）

躬身农本为民筹，稻麦研尝看白头。
预警春寒无惧色，严冬酷夏总风流。

（二）

骚坛古社秉灯游，若璧基金系国忧。
晚照浮云添气韵，伟功孝义世无俦。

赞老校长

春蚕丝吐乐功成,蜡烛心红化火明。
桃李年年天下艳,园丁热血写忠贞。

赞周建新

幢幡辉映寺门开,名刹禅灯复照来。
谁造浮屠铺胜境?荷肩弘道壮悠哉。

贺周新发吟长获奖

吟坛帷幄焕旗常,立雪扬承挹异香。
晚霞有情光彩耀,满园秀色尽精芒。

校庆寄恩师

少年立雪怜金石,常忆恩师教诲情。
面命耳提知四毋,德高识广益三生。
欣欣桃李舒心志,灼灼梁材作国英。
百载杏坛功盖世,齐鞭快马跃新程。

七夕情人节

天上鹊桥年复年,牛郎织女舞翩翩。
谁怜尘世相思梦,恨不朝朝共月圆。

端阳寄友

夕阳一点满天辉,心艾望穿鹭远飞。
今喜海西旗鼓闹,龙舟竞渡彩云归。

赠挚友

品高心底蕴廉风,激浊扬清羡巨鸿。
斥耻兴荣豪气壮,堪为盛世奏新功。

寄故友

岁月如歌情似酒,蓦然回首白头愁。
天涯远隔常追梦,醉卧君怀到贵州。

欢会莆田

风霜半纪变耆翁，谈笑悲欢乐道同。
首聚荔城无限喜，高歌齐颂夕阳红。

盼厦门聚会

梦回鹭岛叙窗情，浪卷心涛惹晓莺。
白发相逢花吐艳，举樽喜见雨新晴。

咏厦门聚会

情萦环岛几清欢，缱绻流年夜艇寒。
影汇月湖高阁秀，梅园离宴泪先弹。

羊年咏友

擎角掀髯了宿缘，驭来泰运小车前。
感恩跪乳三生愿，尽孝披肝一世贤。
知过补牢传海宇，怀柔处世散香绵。
温良大爱膺佳誉，昂首人间大有年。

慈母吟 六首

（一）

临行频唤带衣裳，凉暖时时眷顾长。
蒙召归天何迅速？梦魂夜夜慰儿郎。

（二）

丫鬟原为赤贫当，早晚披星戴月忙。
慈祖选贤童养媳，漫街邻甲羡鸳鸯。

（三）

世事苍茫变故常，草山柴市历风霜。
将雏挈老多艰苦，母笑娱儿莫愠伤。

（四）

千里奔黔在异乡，孙儿蒙福乐安康。
输无赢有缘归主，慈爱深恩永颂扬。

（五）

调闽慈母喜洋洋，重建楼房顶大梁。
誉满街坊夸应许，常思恩惠唱神光。

(六)

夫唱妻随懿范张,相濡以沫恋情偿。
皇城携手逍遥乐,再伴天堂竞雅香。

赠爱妻

人约黄昏酥手牵,似花解语暑寒前。
柔情缕缕随君意,风雨同舟入紫烟。

咏明昭贤弟

教圃耕耘矢志坚,甘泉哺育仰君贤。
平生堪醉园丁乐,桃李芳菲共斗妍。

赠龙甥

龙腾四海游天下,万里青云竞奋翔。
今日吐珠光日月,移来星斗耀华堂。

家庭赠诗 十首

泉腾婚庆

同舟共济真情鉴,相爱相随到百年。
泉涌香腾飘雅韵,京华玉树竞争妍。

兔年示儿

蟾宫捣药舒娥袖,百里奔行三窟营。
金气铁肠先折桂,云翻雾散见光明。

贺宏璟成人

匆匆一瞬喜成人,游学豪情振彩麟。
成就菁华如玉洁,传来金榜慰双亲。

宏璟赴美 二首

(一)

少年不畏风波苦,求索西洋步远途。
面壁寒窗恒自爱,扬帆鼓浪展宏图。

（二）

秀气飘洋好自持，纵横四海任男儿。
玉经雕琢终成器，展翅腾飞正有时。

致小宣蓉

网梦漂浮悔怨多，专心苦读不蹉跎。
摘星揽月长天傲，锦绣鹏程一路歌。

宝妹吟诗

童声朗诵木兰诗，嫩气扬眉欲说时。
疑是寻猜巾帼梦，明眸如水问天机。

咏新景周岁

轻弹嫩指学呀呀，四代同开幸福花。
和顺满门春长在，欢声笑语映彭家。

咏新淇

柔情浩气满胸襟，数术精谙巧在心。
治学虔诚花绽蕊，春风几度梦甘霖。

寄语麒玮

身祥愿吉伴新光，幼逐围棋壮志扬。
作画吟诗多意趣，童心稚气蕴芬芳。

"钻石婚"颂

温馨园里满庭春，欢颂称觞钻石珍。
庚婺双明光岁月，椿萱并茂爽精神。
八旬举案姻缘美，四世同堂福寿臻。
百代儿孙扬祖德，亲情远播爱心熏。

陈绥华老中医百岁寿诞

仰望昂然百寿图，长歌一曲感千夫。
丹心妙手留仁爱，良药银针护倦途。
宁静扶危书侠气，安详济困伴悬壶。
称觞祝嘏松常绿，欢悦期颐耀闽都。

光涵主任九旬寿庆

悠悠往事建功多，遥指华庭笑若何。
见证国旗留美誉，抚安侨属岁蹉跎。
情倾九曲千秋笔，香溢彭园万庶和。
莱舞更随英气壮，期颐再颂寿星歌。

赵玉林老师期颐荣庆

骚坛两代播青芳，灵响①书笺焕逸光。
留取斑斓五色笔，期颐再进九霞觞。

【注】
① 灵响居乃赵玉林老师书斋名。

会资教授八旬双庆

奉觞喜拥寿中星，乐战耆年展瑞庭。
庚婺同明承厚德，椿萱竞茂享遐龄。
品征琛玉漓江秀，胸贮经纶叠彩灵。
桃李华堂高节仰，期颐再祝更芳馨。

步韵卓老《七秩初度》

砚海晚晴风雨看，峥嵘岁月傲霜寒。
忧民忧国雄心壮，乐水乐山诗意安。
芳苑新枝桃李艳，骚坛雅韵古今宽。
芸窗品茗留佳话，健笔长挥多锦翰。

茅老师七秩寿庆

岁月依稀华发催，循循教诲总先骓。
南山喜着皆桃李，潇洒何妨灿远晖。

开基兄七旬寿庆

从心所欲古稀来，金桂生辉竞秀才。
地轴天维瞻瑞气，期颐共庆酒盈杯。

英妹花甲双庆

燕城风雨几春秋，云自飘零月自浮。
曲径终能通胜境，平生始得洗清愁。
椿龄顾影耽鸿雁，鹤发牵情恋海鸥。
最是诚心亲孝道，论功寿宴敬千瓯。

和春莺《五十感怀》

春研本草扑飞梭，秋赋诗功彻夜多。
桔井流香侬紫竹，杏林飘雨卷烟波。
一襟雅气衔泥燕，万斛宽胸活韦驮。
且看称觞莱子景，高堂瑞集复谁和？

附：施春莺《五十感怀》

五十流光去若梭，平常心态感恩多。
肯抛斑竹千枝泪，且重情怀万顷波。
俯仰人间消芥蒂，修持方外念弥佗。
举头寒月临虚境，本草安康乐太和。

春风醉牡丹

——北大阮桂海与居厦学友欢聚牡丹酒楼

良辰兴会乐，雅谊茂芝兰。
书癖倾心恋，诗思著意看。
豪情偏未酒，爽念竟忘餐。
白发且相惜，歌吟颊染丹。

附：余元钱原玉

　　燕京千里友，鹭岛会金兰。
　　执手寒暄问，拍肩肥瘦看。
　　八方欢叙旧，一席美加餐。
　　帧帧春风沐，神怡醉牡丹。

附：林文聪原玉

　　故园迎故友，金石结金兰。
　　见面捶肩笑，聊天执手看。
　　无人言励志，有筷劝加餐。
　　稀发任同白，寸心犹共丹。

赠连池吟长

　　雅韵见高情，中天泰斗横。
　　轮囷摅赤胆，倜傥奋明旌。
　　年鉴迪功著，文宣尽力耕。
　　晚晴山水好，一啸庆功成。

和唐杰七夕

云架鹊桥心梦度,人间多少意流连。
佳期难续柔肠断,唯愿情牵后世缘。

附:唐杰《七夕》

凄惋离情传故事,年年信有鹊桥连。
记曾此夕长生殿,在地在天祈续缘。

赠碧莲学妹

——一九六四年高考前夕佚诗

中夜荒鸡破晓啼,故人犹见置新衣。
酒酣欢庆虽云乐,后笑金枝古谓稀。

寄云昌吟长

雾罩云蒙别长安,相逢花甲夕阳残。
休嗟老骥扬鞭晚,更诵衰年励志单。
折柳榕城舒稚趣,搏风东海逐骚坛。
师从挚友勤知拙,刻烛谋篇逸韵欢。

赞许汉东

志存千里比霞客,杖国周游第一人。
把酒抒怀挥彩笔,乘风揽月赛巡神。
晚霞辉映尤绚烂,老骥情奔恰泰辰。
闻道齐来争问讯,海澄吟笑厚情真。

赠洛伦表兄

周洛伦先生乃新加坡华文作家,爱国爱乡。不顾腿疾,九次乘坐轮椅回乡省亲,感其深情,吟诗相赠。

赤子殷殷情意浓,傲翔万里薄苍穹。
三回左海轮车坐,九返家门血脉通。
笑聚清谈圆稚梦,复兴诚感颂宗功。
天开文运华章梓,且上楼台共举盅!

痛悼赵玉林老师

闽江潮涌泣声哀,陨落文星绛帐摧。
一世沧桑承正果,百年翰墨辨奇才。
和风酥雨宗师仰,桃李芝兰德艺裁。
千古诗书垂道范,三山云气接蓬莱。

追思卓冰清学长

约牵诗社成仙梦,每步骚坛倍痛君。
学谊长安聆道范,联缘榕郡感殷勤。
华章意系春秋事,墨宝情留天地氛。
德艺双馨弥足贵,式仪常仰令千军!

悼翟启明吟长

宋庄初识兴悠悠,百盛园中漫步游。
颁奖感言吟韵醉,携妻带小爱声柔。
骚坛鼓缶君同趣,诗社昂旌谁与俦?
叹恨无常云寿满,魂兮归去涕难收!

痛悼霍云贤侄

忘年诗谊久徜徉,噩耗如雷泣断肠。
博客云腾鸿鹄志,高工气激碧宵场。
力潜股海书难竟,情逐骚坛德永芳。
瞩望方殷何遽去?秋风瑟瑟泪淋浪。

痛悼福铭学兄

卓越多才我辈旄，溘然长逝泪花滔。
医人医德芳名著，仁术仁心雅望高。
挚友流连祈梦雨，锦章璀璨慕贤操。
幸酬壮志雄千古，风骨精灵意气豪。

痛悼兰姨

一九六四年求学省城，余初识兰姨，历四十多载。兰姨博爱为怀，助人为乐，有口皆碑。奈何因病仙逝，余悲痛匍泣，永记哀思。

负笈榕城循懿咛，半生风雨铸深情。
呕心茹苦持家计，沥血含辛挂户庭。
昨日沉疴因累疾，今朝遗恨已吞声。
悲歌一曲焚香奠，驾鹤芳踪仰婺星。

吊清坤弟

易经浩博才何限，夏教通灵德几重。
竹马曾经童稚戏，云天何处觅仙踪？

痛悼新萍

梦断华年噩耗闻,何堪永诀泪纷纷。
长存希望仙缘结,来世奇葩吐馥芬。

重 逢

岁月如流鬓如霜,愁肠慨切叹沧桑。
殷勤互祝千杯少,泪眼依稀盼吉祥。

示骞智兄弟 三首

(一)

悠悠天地间,兄弟唯二人。
原是同根生,手足骨肉真。
儿时对床眠,嬉戏笑语腾。
形影不分离,枝叶好扶撑。
忆弟回乡去,依依互叮咛。
九九度重阳,诗文泪和成。
远别常相念,重逢喜拥迎。
携手游涵江,抬头灯匾明。
蔡氏两昆仲,成功双俊英。
同胞立宏愿,榜样启前程。

（二）

人生何短促，转眼卅余龄。
兄弟各成家，双雁分飞行。
行程多坎坷，风雨常飘零。
枝条见高低，紫荆有异形。
公嬷愁念急，爹娘忧心疼。
殷勤劝尔等，世事莫与争。
穷通皆有定，最重在信诚。
智慧乃生命，正法自和平。
衣食足可安，物累似浮萍。
无欲便无累，但求身心轻！

（三）

亲语比黄金，字字铸深情。
兄弟细忖量，家风永相承。
时艰须帮衬，参差勿相憎。
连枝关痛痒，促变如再生。
虽云性难移，春风化坚冰。
不怨不嫌弃，诚意催自珍。
千呼复万唤，关爱鸣心声。
昂首莫气馁，险峰能攀登。
光阴难再寻，契机凭创新。
善因获善果，功业耀祖灵！

采桑子·重阳忆友

登高望远多酣畅，滚滚红尘，往事犹新，长记同窗情最真。　衷肠欲诉寻无影，邀月为君，频醉芳魂，笑貌音容稚趣存。

江城子·忆慈母

关山万里道悠长，总彷徨，两茫茫。驾鹤西飞，无处话沧桑。笑貌音容依旧在，情满路，鬓如霜。　相思不止唤亲娘，倚轩窗，诉衷肠。歌赋诗词，一任字千行。身影梦中常出现，如晓月，照前堂。

应天长·慈父逸闻 二首

（一）

从容清淡精神爽，心静气和洪福享。鸿儒仰，教鞭响，评点 乾坤情高涨。　鲤城夸偶倪，皓首君子声朗。奔顺恩主莽莽，德音安可忘。

(二)

　　书生潇洒人皆仰，鹰击浩空天地广。凌云上，凌云上，飞越霁峰心胸旷。　　征程回首望，执着何惧鲸浪。无悔风雨跌宕，豪情任万丈。

沁园春·赞王庆新院长

　　苦读寒窗，岁月从容，沃土雪松。执教勤鞭策，真情听唤，缘逢伯乐，文牍专攻。翰墨千秋，诗联喜润，天意催花生紫红。衷肠绣，九州纤绝唱，高步云峰。　　挥毫劲展雄风，敢向云天舞墨龙。妙笔多编著，吟坛佳秀，身残不惧，铁骨铮铮。命运强争，创筹书院，几度艰辛不老松。知恩遇，故里圆梦想，情寄长空。

江城子·赞韩良淑大护法

　　千年古刹韵无穷，隐蛟龙，势如虹。菩提树下，悟尽世间空。欲解如来真实意，诚念诵，拜禅宗。　　仙风道骨一青松，借东风，看英雄。无量功德，睿智品中庸。佛自心中成大业，听暮鼓，几晨钟。

玉蝴蝶·赞廷林吟长

笑傲浩空鸿雁,荷锄教苑,名耀诗坛。雅句千章,情似烈火奇观。闪灵光,童心不老,独树红、邀月频弹。系征鞍,化酸甜句,风骨成丹。　　兹看,平生劲节,壮怀豪放,沉醉词翰。举首弹冠,驭风飞泪逐挥汗。赏孤芳,悠悠天马,文思涌,盛世驰丸。欲相望,长吟声里,寰宇悲欢。

水调歌头·纪念邓小平诞辰一百一十周年

年少巴黎闯,豪迈越千山。红旗百色高举,壮志写诗篇。铁马金戈百战,指点江山雄略,决胜著先鞭。三落又三起,革命志如坚。　　总设计,巡南国,敢为先。狂澜力挽,乘风破浪驾航船。华夏艳阳万里,震古烁今壮志,跨越复年年!国富黎民强,宏愿在明天。

感事即兴

回 乡

秋高恋意牵，梦逐桂花妍。
老友琴声切，萍踪逸曲连。
妪翁愁绪诉，歌舞微音传。
醉卧今宵月，明朝夜不眠！

乡 音

十音八乐响穿空，鹤唱龙吟薰蕙风。
谁解悠悠今古意，天歌碧野觅征鸿。

自 题

人生世事一瞬间，过客匆匆换腆颜。
利禄功名今不在，从容潇洒夕阳闲。

遐 思

樽前美酒匆匆饮，咫尺天涯不见君。
无限柔情寻旧梦，春愁唯与落花云？

偶　感

久别相逢白发多，无言泪眼叹蹉跎。
功名利禄真痴梦，但慰余生稚趣过。

早　起

命本属鸡贪早起，总迎晨露满衣裳。
一啼残月随风去，唤醒晴光向瑞祥。

夜　读

横斜斗柄静无音，寂寂孤灯堪诵吟。
千载风云心底过，几回拍案几沾襟。

郊　游

暖风疏柳雨烟中，信有群芳烂漫丛。
未踏名园人已醉，诗情画意共朦胧。

听 雨

独对孤灯夜未眠，窗台滴答意绵绵。
情怀蓊郁何萦绕？只为迷蒙四月天。

舞 龙

炮竹喧天锣鼓响，舞龙潮海涌家门。
焚香敬酒呼声壮，喜送春风暖万村。

龙年有感

金龙昂首跃深渊，瑞气祥云分外妍。
六合飞腾妆盛世，和谐海峡最萦牵。

集美龙舟赛

劈波桨起鼓声昂，斩浪争强勇气张。
两岸龙舟如箭竞，和风送瑞写华章。

贺"中国诗词之乡"

阳春四野漫骊歌,诗海词林雅客多。
灯下花前赓韵事,此方唱罢那方和。

忆营盘中学

西南逶迤扎营盘,俊彦情深笑饮欢。
回首当年浑是梦,却期再把壮歌弹。

高陂中学华诞

山川毓秀育英才,虎跃龙腾盛业开。
盛会同肩争赛鼓,杏坛更待响蛟雷。

桂林研讨会

花艳漓江古郡红,高论侃侃辩情浓。
正源续谱扛重担,致力宣言万世隆。

咏书圣

龙腾虎卧笔争先,气韵兰亭翰墨妍。
曲水流觞何处是?楷行隶草古今传。

彭飞书法展

一枝独秀墨缘深,融化师承贯古今。
苦练勤修田有砚,风流笔底舞书林。

读余剑峰《书痕心影》

龙翔虎踞笔通神,煜煜文光射北辰。
诗墨联辉彰艺苑,三缘佳话仰名人。

读王如柏《劲草金秋》

劲草金秋雅韵妍,诗情书意畅心田。
功名荣辱如烟过,唯有墨香万里传。

读春莺《百花诗》

嫣红姹紫艳吟台,疑是仙姿神笔来。
酿得百花成蜜后,莺歌送暖醉春醅。

读李英新诗

风雨沧桑任纵横,新诗追梦竞真情。
生花妙笔千秋事,笑傲吟坛万里行。

丙申北京诗词峰会

诗文盛世汇新歌,雅韵重阳景趣多。
潇洒同追强国梦,心随吟友奏云和。

贺南海游学友

笑游南海水滔滔,挚友情深爽气高。
不忘初心甘伏枥,壮飞何若少年豪。

福州市楹联会换届

联坛竞秀尽才贤,誉满闽疆雅气扬。
名帅擎旗弘国粹,辉煌再铸续情缘。

寄紫金诸君 二首

(一)

流年困险怨难消,万丈雄关路尚遥。
漫道前程风雨疾,红梅一树迎春娇。

(二)

风残雨骤挟惊雷,似剑危言势若摧。
莽莽金山雄驷在,南流汀水断无回!

读致歉信 二首

(一)

奔马失蹄惊巨变,人心似铁起风雷。
求真迁善军犹壮,再越关山向未来。

(二)

中流击水遏飞舟， 商海争潮弄浪头。
改过躬身筹善运， 百年伟业灿神州。

读陶渊明诗有感 三首

(一)

行怀得意少年时，吏职难堪快解辞。
寒馁糟糠聊自足，归园田里乐修持。

(二)

南山种豆寄柔情，骋志书琴有道名。
思远安贫恒守节，流风异彩播清明。

(三)

弱龄猛志苦争驰，临水望云好赋诗。
散缓浑然奇趣见，渊深朴茂竞姝丽。

读《心梦情缘》 六首

关 山

风华谁解恋情长,绯戚缠绵逐梦忙。
莫道韶光留不住,心扉化作雅书香。

秦凯音

忍辱成亲拭泪痕,一帘幽梦到黄昏。
质乎纯洁还原去,风笛唯留寂寞魂。

章 雯

淫威不惧显真情,梦断关山两泪盈。
纵是有缘留悔恨,尘烟散尽怨难明。

凌淑芬

离多聚少梦常连,不尽飞鸿爱意牵。
笑看红尘离恨事,聊斋风韵续新篇。

杨秀玉

姐弟凡缘苦自言,可怜同病爱偏烦。
人间诗里寻仙境,总在心头把梦圆。

汪 丹

爱深恨彻化仇人，梦里孤萦泪湿巾。
善恶由来皆有报，老天有眼总如神。

附：颜玉华读《心梦情缘》

关 山

爱恨情仇总纠缠，一道魔障一道坎。
几世播得艳福种，总有佳人舍命伴。

秦凯音

侠女伤梦断柔肠，暗洒闲抛空自叹。
自古红颜多薄命，苍天有幸留英姗。

章 雯

英姿飒爽将门女，一腔真爱生死予。
天若有情天亦怜，夕阳光里双影依。

凌淑芬

缘聚缘散谁主宰？孰离孰合天安排。
本是文雅贤淑女，只伴孤灯泣泣哀。

杨秀玉

玉质冰心女英才,敢把巾帼比须眉。
心地坦荡顾大局,终得真情酬纯爱。

汪 丹

爱深限彻本可恕,浑浊自私人唾弃。
可怜机关已算尽,幽梦一帘漂洋去。

读鲁迅杂文有感 四首

(一)

如磐长夜虎狼多,华盖运交争奈何?
匕首投枪真猛士,民魂唤醒铁流歌。

(二)

无韵离骚和血唱,成尘尤见笑微声[①]。
至诚慈爱风雷起,旷代文章证伟人。

【注】
① 鲁迅名言:待我成尘时,你将见我的微笑。

（三）

借古讽今虚里实，旁敲侧击耐人愁。
且开宝籍寻眉目①，风月谈中世史酬。

【注】
① 鲁迅名言：当然不敢说是诗史，其中有着时代的眉目。

（四）

俯首为牛先觉志，甘当腐草供鲜花。
赤心呐喊铮铮骨，血荐轩辕耀中华。

读《兰亭序》感赋 二首

（一）

群贤盛会齐吟咏，翰墨留芳雅韵长。
曲水流觞欣所遇，惠风和畅乐于昂。
形骸放浪心能悟，合散随常道自昌。
时异世殊同骋目，悠悠大运洽天香。

(二)

平生最爱兰亭序，吟咏流觞畅雅情。
仰掇碧天和气馥，俯挥绿水细风轻。
老之将至宜知足，人若相禊固合盟。
言有余馨书不朽，神怡遐想好同倾！

读《映日荷花》

才女生涯自若诗，沧桑阅尽慨然驰。
屏前凝首情千缕，梦里回眸雾一丝。
柔笔书心舒达志，荷花映日喜逢时。
淡香细语与君赏，偕老齐眉锡寿祺。

读稼轩词感赋

尘波荡漾若浮舟，千斛闷愁逐水流。
玉殿思贤君不见，溪堂卮酒鸟同俦。
华胥悠梦平戎策，太史公书吹角楼。
壮岁旌旗身后著，龙词百首仰神州。

开卷有益

名诗佳作古今传,展卷清馨逸梦连。
安适省身无半祸,谦冲自牧萃群仙。
英华有幸承晨露,智慧无穷起瑞烟。
浩瀚长河常眷念,滋滋其乐齐争先。

观宜兴周前翔画马 二首

(一)

名师力授赢神韵,笔策银蹄踏紫烟。
长啸追风千里志,星驰电掣永当先。

(二)

周君技艺奇天下,八骏凌空伏虎威。
世上谁堪乘此物?驰骋万里拂云飞。

惜 春

千红万紫浥芳丛,蝶舞莺喧喜气融。
二十四番风有信,怡情逐梦一诗翁。

季春感怀

梧桐叶碧燕梳翎，酥雨馨风抚碎萍。
陡见虹光添异彩，匆匆春意不曾停。

春雷随想

电闪雷鸣骤雨倾，桃花依旧笑无声。
金蛇狂舞掀新彩，喜看人间福瑞呈。

春节见闻

雄鸡一唱报新春，国梦铺开点赞频。
龙烛凤灯天地乐，玉箫金管物华新。
吟诗叙旧皆愚老，把酒舒怀尽贵宾。
盛世春风携大爱，神州瑞气福黎民。

庆元宵

银花玉树照澄空，灯节枫亭鼓乐中。
龙凤煌煌扬激浪，管箫嘈嘈逐飞鸿。
摩肩接踵无眠夜，笑靥欢歌有醉翁。
月殿星桥齐跃舞，民安国泰正春融！

踏青拾句 二首

（一）

垂杨芳草吐微馨，春水晴山恣性灵。
多少幽情君莫问，醉中歌啸倩谁听？

（二）

花妍柳暖弄轻盈，疏雨柔风碧野清。
秀色可餐有客醉，留连忘返酒壶倾。

逢春写怀

暖意丝丝逐晓风，轻纱薄雾散朦胧。
嫩芽苍劲千梢碧，青草蓬茸百卉红。
蝶舞蜂飞嬉老叟，花香柳翠乐娇童。
今朝独钓鱼矶处，一啸凌云傲昊穹。

初夏抒怀

春阑客外乡，愁断旅人肠。
昨夜酴醾酒，今朝网络场。
延年须有道，向学岂无方。
好古骚坛聚，吟成神采扬。

中秋思亲 二首

（一）

望月思亲欲断魂，瑞烟送我九天奔。
慈严含笑扬丹桂，细语绵绵颂主恩。

（二）

思亲终夕难成寐，绕膝承欢化梦来。
搏饼宛然亲不在，深恩未报断肠哀。

秋　趣

风来邈远起秋声，雁逐苍茫点落英。
片片白云崇素节，涟涟露水淡浮名。
桂花香候清凉送，桐叶飞时冷瑟萦。
乡思无端堪独醉，随心缱绻怕闻笙。

乙未中秋步韵开富宗兄

人生若寄忽遐年，金玉浮云潇洒天。
万里比邻腾碧彩，三才知己悟真篇。
草萤荷露偏萦系，照乘燔柴不斡旋。
肺腑情缘齐逐梦，同舟江海月常圆。

附：彭开富、彭铸原玉

彭开富

喜君从心所欲年，秀松峻岭似摩天。
挥笔再再书锦绣，修德频频著新篇。
晚景为霞经旷远，家风娇正费周旋。
古稀做事堪妙意，中秋由来赏月圆。

彭　铸

转眼中秋又一年，杜邻觅句晚霞天。
新松三尺园圃秀，修篁数丛宜入篇。
百花潭影千帆远，江流日夜几回旋。
细品新作承厚意，老窖佳酿赋月圆。

重　阳

黄花傲暗香，皓首笑斜阳。
爱觅心闲处，青瞳不覆藏。

重阳有感

尘网平生逐逝波，白头休叹岁蹉跎。
鲤庭欣舞莱衣秀，醉卧轻哼好了歌。

两度重阳

重阳今岁两匆匆，飞屐登高仰碧穹。
若是人生能再度，衔杯寻菊作仙翁。

重阳即兴

重阳聚会涌真情，诗友同吟大雅声。
翘首脉峰圆远梦，骚坛神韵颂升平。

重阳即事

年年重九步高台，更喜稀龄福气来。
偕老凌风嘲落帽，齐眉送暖乐衔杯。
题糕寻菊催诗咏，挹露餐霞净俗埃。
话旧他乡常作客，家欢国瑞载春回。

腊月感怀

一年皆顺得冬闲，梅萼枝南逐笑颜。
萱草雪凌喧腊鼓，柳条春泄忆青纶。
请香施粥时艰济，祭灶祈神衣锦还。
待换桃符同醉酒，曙光处处照尘寰。

感事 五首

股 市

逆市频闻绿变红，典房赊账舍身冲。
翁妪股海淘金悴，血本无归一梦中。

房 价

前天筛网选房号，昨晚盘钱怨价高。
谁解夫妻还债苦，年年梦里备煎熬。

评 话

今评三国贬辞多，　群众心中有秤砣。
胜败奸雄明辨久，　大江东去自讴歌。

醉 驾

臀波乳浪客心迷，　燕话莺声醉似泥。
宴散车飙飞巨祸，　请君入牢苦凄凄。

"小 三"

浓妆淡抹虎耽耽，浪女风流逐小三。
纸醉金迷愁不解，祖孙堂上苦难堪。

无 题

——难忘十年浩劫

无端六月袭寒霜，颠倒人妖暗自伤。
学友成仇因派性，校园饮恨尽书郎。
奸臣乱政无宁日，贼子投机有恶狼。
力挽狂澜期砥柱，复兴社稷赖陶唐。

武平扶贫感赋

受命武东人意和，扶贫济困爱心多。
春风送暖倾恩惠，善事酬缘振晓珂。
三载铺通康泰路，万家唱响富民歌。
茶花灿灿芳风蕙，梁野飘香舞婆娑。

抗震感赋

天旋地转山崩塌，屋毁人亡举国哀。
领袖驰临关爱荩，军民奔救抗灾来。
舍生忘死忠心烈，多难兴邦壮志魁。
握紧拳头同奋斗，九州大地响惊雷。

抗洪歌

惊涛骇浪莫狂颠，抗险人墙巨石坚。
将士为民身忘死，忠肝义胆傲苍天！

抗击雪灾

严寒冻雨雪皑皑，逼近年关猝降灾。
湘鄂皖黔凶险报，电煤油运困荒摧。
中枢令急千军发，举国情牵万策来。
共济同舟奇祸伏，红梅绽笑迎春回。

抗击"非典"

瘴烟滚滚疫魔来，荼毒生灵究可哀。
举国同心争陷阵，中枢割爱罢雄才。
温卿俯仰施良策，院士纵横扫萨灾。
众志攻城豪气壮，澄清玉宇笑颜开。

师大百周年志庆

期颐母校百春年，雅奏歌诗喜空前。
巧匠精心雕璞玉，严师倾力育群贤。
满园桃李催春日，随处华章报捷篇。
愿化春泥敷万物，为人师表九州传。

仙游一中一百一十一周年华诞

学堂百载展长卷，多少情怀梦里牵。
金石儒风传响鼓，黉门才俊著先鞭。
博经约理常扶志，知化穷神未息肩。
桃李芬芳春不尽，凭栏欲说共婵娟。

中管院学术委三十华诞

英才汇集意轩昂，不忘初心献智囊。
科学攀登高地造，创新圆梦铸辉煌。

百六峰诗社二百年庆

——步韵奉和陈明安社长原玉

奎光诗阁耸奇峰，笙鹤壶天扣晓钟。
子野悠舟歌五隽，弢庵策马献三雍。
梦萦莲社千骚迹，情系乡师百洞踪。
唱和同心皆雅韵，文昌盛会更欣逢。

华夏诗联书画院十年庆

齐鲁奇才举帅旗,吟坛十载树丰碑。
诗联尚艺显高雅,书画崇情汇新奇。
一体同春常唱和,六千盟友紧追随。
弘扬国粹雄心壮,欣看鲲鹏展翅时。

省诗词学会三十周年

擎旗三秩举吟盟,引领闽风金石声。
文雅同兴妍盛世,诗魂共铸聚群英。
字斟句酌千篇颂,馨芷芳兰万象呈。
策马骚坛歌竞唱,新花老树更繁荣。

省技经研究会三十周年

卅年而立会星颁,天道酬勤梦百般。
研讨技经开大智,普推科学换新颜。
千峰碧翠通荒峡,万顷苍波映远山。
荟萃名家催后秀,纷呈妙策再高攀。

六盘水建市三十周年

韶华似瀑志长伸,苗寨盘江忆故人。
往昔同心兴百业,今朝回首醉三春。
乌金腾浪凉都富,紫电凌空喜报频。
卅载征程铺锦绣,又听鼙鼓壮芳辰。

融光诗社三十周年

三十春秋弹指间,融光雅韵聚贤班。
为开勋业常披沥,欲畅宽怀莫等闲。
社稷悠悠民意重,诗情切切逸怀殷。
何当再搏凌云志,文粹恢宏展笑颜。

大族谱协会十周年志庆

擎旗快意秉聪功,四海融情继祖风。
光耀谱坛常化雨,浪翻牒韵系征鸿。
十年丕振千秋业,一帜辉煌万姓同。
更喜中华追远梦,繁荣国粹气如虹。

彭氏福州委员会换届

大彭俊秀聚榕城，旗鼓喧喧百业盛。
联谊敬宗怀远志，恳亲睦族泛新声。
复兴三宝宏恩灿，豪发千才彩桂荣。
真爱高情衔紫气，振兴华夏焕双旌！

省生态农业研究会成立

果红叶翠振民风，凝聚丹心建伟功。
低碳循环回绿色，酬勤生态奋飞同。

书香会成立

明灯作伴醉书香，诗友舒怀岁月长。
修德养心融学识，登高立品著春光。
云程有路同怀志，学海无涯共起航。
纪述百家成圣殿，昌隆文坛庆流芳。

省海峡民生诗词研究社成立

金英紫绶盛妆妍，海峡诗潮卷雅篇。
国粹弘扬腾瑞气，民生辉映驻华年。
初心不忘千秋运，椽笔更寻一脉牵。
喜贺兰平盟俊杰，八闽多福仰尧天。

彭祖文化研究会成立

华邦俊彦聚京堂，海纳千川雅韵芳。
施展才华抒壮志，弘扬祖德赋新章。
论坛璀璨齐称颂，商苑峥嵘共舞翔。
理想同圆中国梦，大彭雄起铸辉煌。

海南彭祖文化研究会成立

源分海口耀华堂，陇郡高风吹梦长。
兴国育人昭祖泽，齐家强族映宗光。
顺正和泰千枝秀，齿德兼隆百岁芳。
薪火传承辉盛会，龙翔凤舞颂轩昂。

黄帝故里拜祖

自有轩辕华夏昕，仁慈厚重仰熊君。
阪泉激战融炎帝，新郑慈民树德勋。
拓土建邦基石奠，活人济世内经闻。
舟车利涉昭千古，九域于今俎豆勤。

公祭彭祖大典

壶觞笑语共飞腾，四海宗亲聚古城。
饮水思源千载祀，寻根谒祖万人情。
养生惠世传佳话，辅政匡时负盛名。
百代簪缨枝叶茂，文章华国振家声。

武夷山彭祖文化节 二首

（一）

敦宗睦族呈世彭，欢会武夷聚俊英。
共叙炎黄亲血脉，中兴华夏兆祥祯。

（二）

云钊创会建奇功，六届笙歌笑语融。
崇德思源弘祖训，谊联万代迎大同。

徐州彭祖文化节

古郡新姿开泰运,宾朋盛会喜相迎。
抒怀述信歌三瑞,放眼澄鲜颂大彭。
治气养生千代福,和神调鼎万邦倾。
闻聆励志肩梁栋,焕彩全球耀祖名。

槟城彭祖文化节

腾云千里到槟城,鼓乐喧天礼炮迎。
海外乡亲齐聚首,天涯游子更倾情。
蕉风椰雨冰心鉴,玉案芸窗客梦萦。
柱史宗风扬世界,宜春望族代簪缨。

彭山彭祖文化节

一瓣心香呈九会,巴山蜀水聚宗贤。
陇西世泽簪缨旺,江右家声德孝全。
尊祖敦亲千古颂,寻根溯脉万支传。
但祈勋业流芳远,后裔兴隆故里妍。

深圳彭祖文化节

仰承十会耀祥光,龙岗悠扬锦绣张。
崇德磋商弘大义,传经论道保遐昌。
和谐族谊人为善,宽宥亲缘意自长。
宗族振兴相问讯,世彭正气映朝阳。

海南彭祖文化节

万泉浩荡傲苍穹,琼海欢腾碧照空。
千斛宽胸行直道,一襟和气播仁风。
天人合一宗功耀,物事圆通祖德隆。
逐梦世彭薪火旺,天涯海角集丰融。

安徽彭氏联谊大会

昌邑宜春一线牵,婺源太湖脉相连。
桐城双凤大宗肇,华夏瓜瓞奕世传。
盛会溯流商族谊,敦亲博爱仰英贤。
承先启后光千载,闽皖欢歌大彭妍。

学友聚会感念 三首

（一）

分飞劳燕各西东，欢聚幽然皓首中。
金石少年何处觅？天涯风雨怅匆匆。

（二）

人生最美在同窗，犹忆当年形影双。
阔别依依怀五纪，思情如水满清江。

（三）

今生七十漾余晖，笑渡沧桑入紫微。
莫道风云多变幻，百年人瑞不曾稀。

闲情偶寄

久仪新阁梦常寻，顶礼瞻临赏法音。
稽首莲花凌励志，俯身大士紫檀心。
千层云浪频参谒，一片心帆迷朗吟。
早晓红颜思慕远，更须白首荡尘襟。

联谊舞会 二首

(一)

报似蓝天字似星,银光耀眼笑声聆。
诸公常舞如椽笔,妙画工行万点青。

(二)

轻歌曼舞喜无垠,交谊联欢倍觉亲。
常诵金融经济赋,港台纸贵福吾闽。

遥寄学友

依稀梦里尊师友,别念沧桑三十秋。
报国存心追圣哲,惠民办事解烦忧。
天高海阔兰亭会,柳暗花明鹿洞谋。
待庆中华赢四化,重逢金石[①]竞风流。

【注】
① 母校仙游一中坐落在金石山上。

回黔观光感咏

服务西南廿载长,萦怀故地似家乡。
欣闻击鼓行开发,报捷连天喜若狂。
三步登攀奔富庶,十年拼搏铸辉煌。
沧桑待看英雄汉,歌舞升平庆小康。

六盘水感赋

当年攀越摩天岭,梯山架壑雨雪侵。
万里征尘催铁足,卅年骏业铸丹心。
钢城夜幕星光灿,煤海春图秀色深。
耿耿情怀逢盛会,欢歌伴我白头吟。

街头掠影

滚滚车流不尽中,你来我往急匆匆。
难寻往日休闲意,只见今朝浮躁风。
遵守交规凭自觉,弘扬正气赖和衷。
用心铸就文明路,古邑名城灿碧空。

乡 愁

窗外风寒夜雨稠，恰如九曲贯心头。
残烟缕缕柔肠断，牧笛悠悠思绪愁。
佳节云迷询怨意，异乡梦绕动吟酬。
温言细语捎安慰，竹马青梅伴远舟。

附：颜玉华诗 二首

劝 笛

流连病榻度晨香，不知今日何年轮。
羞无雅音酬琴韵，愧留俚语唱阳春。
鲲鹏奋薄云天远，燕雀缠绵篷檐温。
牧笛莫怜杨柳弱，春风难绿玉门关。

自强赞

才高学富嘉名扬，文韬武略比先贤。
诗就古今弘毅德，业精政商树栋梁。
世事洞明崇善举，人情练达谋清廉。
男儿已遂青云志，最是教人羡自强。

坊间偶记

青梅竹马遂鸳帷，比翼双飞乐海涯。
酱醋油盐熬四季，酸甜苦辣望三时。
琴棋书画多闲与，忠孝仁慈总欲随。
岁月匆匆成白发，沧桑阅尽两心仪。

禁毒日遐思 二首

（一）

何来毒品凛人寒，魂断天涯惹祸端。
魔鬼深渊君莫陷，珍重生命水天宽。

（二）

毒淫泛滥众忧心，家破人亡恶梦侵。
仰望林公能再世，尽除瘟疫贩魔擒。

立雪传人同登九日山感赋

泉南佛国幻云烟，番舶祈风刻石连。
立雪传人同远唤，海丝起点奋金鞭。
方圆国梦瞻师道，守望乡愁信与肩。
游学领承薪火旺，双馨德艺祚千年。

丁酉年鸡日抒怀

此生喜作报明鸡，唤起霞光效祁奚。
眺远登高腾凤气，叼虫琢石降唐猊。
服膺五德摇金斾，怀橘三鸣激碧蹄。
国运煌然红日耀，春回大地遍春荑。

履新有感 二首

（一）

歌飞灯漾人酣舞，惜别依依恋意浓。
此去鹭江常隔水，如丝思绪永相通。

（二）

人到中年事万千，萦怀家国夜难眠。
南行不负过庭训，逐浪追波总向前。

诗为时吟 二首

（一）

振藻扬葩韵味浓，关情民瘼恤三农。
敢追诗圣吟时运，云卷云舒荡我胸。

（二）

如椽妙笔出灵台，苦辣酸甜漫品来。
翰墨深情谁与共，吟时咏事有新裁。

养生十诀 十首

慈善理念

心胸开阔沐东风，厚道宽容热血红。
化雨春风常沁润，丹心一片映晴空。

素食为主

少食荤腥不老松，身心清净品中庸。
常含半饱无兼味，我自逍遥又一春。

注重饮茶

禅茶自古韵无穷，清火降脂四季同。
情系紫沙壶一把，桃花源里梦仙翁。

动静相宜

一张一弛意尤深，静动相宜几曲吟。
活血舒筋强体质，人生无悔梦追寻。

按时作息

晨钟暮鼓度沧桑，一任红尘路漫长。
烦恼尽抛多悦乐，天年颐养永韬藏。

人际和睦

人生何处不相逢，君子之交带笑容。
庆幸有缘天注定，良言一句暖心胸。

良好环境

山青水秀杜鹃红，空气新鲜造化工。
尽享林泉流不尽，诗情画意刻心中。

师表职业

为人师表乐无穷，无悔人生步履匆。
桃李春风吹不尽，彩霞依旧满天红。

灵空心性

心无挂碍性灵空，与世无争喜气融。
风雨沧桑何所惧，仰天一啸乐融融。

爱好广泛

琴棋书画益心神，少虑无忧自在身。
妙解闲愁消遣好，浮生潇洒醉红尘。

正气歌 四首

赞陈茂训

　　二〇一一年一月二十日，年近古稀的陈茂训不顾个人安危，跳入浪涛汹涌、严寒刺骨的大海，奋力营救失事渔船上的六名船员，被评为"全国道德模范"。

　　临危不惧敢捐身，风浪悬崖勇救人。
　　涣涣险关存六命，昂昂老者斡千钧。
　　万般磨难尝甘苦，百折尘生傲古今。
　　胜造浮屠当厚积，弘扬正气福吾闽。

赞应长余

　　二〇一〇年三月二十三日晚，凶犯郑民生在南平实验小学门口残杀无辜学生，应长余见义勇为，手持头盔将其逼退并抓拿归案，被誉为"头盔勇士"。

　　头盔勇士耸群伦，制暴驰身最可亲。
　　逼缚狂凶腾剑气，护安幼学炯精神。
　　情倾舐犊危无怨，心沥将雏德有邻。
　　见义楷模民众颂，和谐盛世爱尤真。

赞三英雄

二〇一〇年十一月，厦门新蓓华实业有限公司职员张涵、张辉和莆田埭头村民刘元飞在厦门湖里路遇歹徒抢劫，奋起追赶，不幸均被砍伤。张涵因之双下肢瘫痪，事迹感人，被赞为"青年三英雄"。

路遇人渣义愤填，围追堵截竞争先。
几番搏敌豪情壮，三杰援身勇气传。
不羡虚名全直率，偏教百姓最萦牵。
身残奋励凌云志，华夏青年愿比肩！

赞方如才

二〇一一年四月二十四日，闽侯县廷坪乡流源村发生山林火灾，村民方如才奋力救火，不幸献身火海，被授予"见义勇为模范"。

莽莽山林火焰摧，护林扑火占先魁。
千钧一发君不怯，一往无前人未回。
虽死犹荣同洒泪，舍生取义共掀雷。
平凡一世平凡事，笑看英雄傲雪梅！

泉州扶贫调研 八首

周玉堂会长

耄耋人生功德多，扶贫济困乐奔波。
互研良策皆豪迈，共聚精英莫蹉跎。
望远骋怀情耿耿，登高舒目意颇颇。
为民造福任风雨，滚滚红尘一曲歌。

泉港惠屿岛

湄湾涛涌水乡欢，不尽春风欲凭栏。
环屿赏光迷众客，网箱养鲍①蔚奇观。
一村一品②兴功业，百户千人跃快鞍。
项目扶贫谋略远，小康渔岛美名冠。

【注】
① 网箱养鲍是惠屿岛特色。
② 一村一品是扶贫新策。

惠安潮乐文化村

古镇笙歌闻杜鹃，潮兴潮乐百花妍。
繁荣文化施良策，亲近自然颂长年。
村企联姻新曲远，艺才聚力碧云连。
百人太极从头越，多少豪情梦里牵。

永春鼎山茶

巍巍福鼎沐朝阳，翠色苍茫情意长。
携手共赢常给力，并肩同富久弥芳。
清泉甜水涵真韵，云雾高山沐曙光。
科技创新呈异彩，馥峰勃勃演疏狂。

安溪茶校

菁菁茶校溢茶香，学子寻芳夜未央。
书典雨①浇灵秀聚，观音韵润妙春长。
修身养性千般意，弘德兴才万里行。
阔步今朝酬壮志，豪情舒卷奏华章。

【注】
① 书典春雨是茶校教学大楼名称。

安溪茶都

神州朗朗任纵横，古邑茶都似水情。
溪涌观音成铁韵，泉歌茗品汇芳名。
秉承诚信千商集，俯仰公平万廪盈。
更喜寰球赞美誉，香飘四海露峥嵘。

海西沼气第一镇[①]

金猪亮崽住楼房,紫气东来醉故乡。
低碳无烟寻大燕,青山有意牧牛羊。
平成示范隆宏业,生态强村奔小康。
喜看东田环境美,海西第一奏华章。

【注】
① 南安东田镇正创建"海西沼气第一镇",平成养猪公司系大型沼气工程的组成部分。

西沙烈士庙

烈士为民天有情,壮哉立庙化神旌。
千秋碧血存英气,万古忠魂励后生。
曾恨[①]感恩奇迹建,拥军崇德日昭明。
众心所向尊荣仰,不忘西沙鼓角鸣。

【注】
① 曾恨乃解放军烈士庙创建人,年愈古稀,仍坚持守庙,真情感人。

水调歌头·兰亭怀古

春暖花开日,聚会郡山中。文人墨客修禊,把酒品中庸。挥洒书生意气,歌赋诗词不尽,豪迈势如虹。万代传佳话,青史在心胸。　会稽事,今作古,论英雄。龙飞凤舞,神来之笔觅无踪。多少兴衰潮落,世事超然看破,潇洒任从容。回首兰亭序,依旧韵千重!

水调歌头·读《兰亭序》

春暖蕙兰聚,诗会逞豪风。生花妙笔频现,奇韵彩霞中。点画云驰烟起,龙凤腾飞劲舞,曲水气如虹。修禊传佳话,千载赞奇功。　国瑰宝,灵犀妙,傲苍穹。天人合一,关山万里觅无踪。若有悠然彭寿,共赏千般儒雅,品味乐无穷。心步兰亭跃,感慨古今同!

一剪梅·中秋感怀

赏月年年盼月圆。竟夕难眠,往事如烟,思亲不尽梦魂连。花自飘零,桂絮漫天。　常念宏恩忆从前。云海飞燕,千里婵娟,渐看光彩溢娇妍。玉宇翩翩,秋日情牵。

喝火令·童年忆趣

　　焗窖炊番薯，塘中试水深。弹弓掰劲较雄心。陀斗满街旋转，童趣可追寻？　　小巷装神怪，花头土满襟。忽来奇想欲难禁。往矣童谣，往矣画泥金，往矣恋群情味，难觅是知音！

满庭芳·三线建设回访感赋

　　遥想当年，群英会战，气吞三线高昂。席棚篝火，明月挂中央。头顶繁星点点，歌声起、神采飞扬。煤都里，撼天动地，携手奏华章。　　常常，强国梦，魂牵不尽，热血衷肠。任风吹雨打，刻满沧桑。欣看凉都崛起，逢盛世、凤舞龙翔。钟山畔，豪情激荡，回首总芬芳。

汉宫春·咏珲春紫金

　　璀璨明珠，珲春沃土耀，紫气高昂。茫茫草原，曙光万丈飞扬。倾情奉献，北南山、酣战奔忙。圆梦想，雄鹰展翅，蓝蓝天上遨翔。　　豪迈劲舞长缨，看沧桑正道，慷慨铿锵。任凭一腔热血，甘洒边疆。春秋几度，立新功，潇洒疏狂。风雨里，衔恩报国，和谐再奏华章。

高阳台·贺多铜投产

莽莽荒原，红旗漫卷，蓝巢崛起边关。好梦今圆，回眸壮丽诗篇。艰辛奋进耕耘急，几春秋、跨越关山。意千般、开拓创新，快马扬鞭。

资源共享同风雨，看人间春色，民富兴边。立德为先，赤诚报国情牵。员工尽职终身托，沐春雨、携手并肩。盼多铜，大展宏图，憧憬明天。

沁园春·贺省工商银行干校校庆

廿载春秋，大展宏图，铸就美名。看一方热土，莺歌燕舞，英才辈出，硕果纷呈。奋勇争先，创新求是，更几番星星点灯。挥汗水，为满园春色，花绽榕城。　　魂牵展翅雄鹰，跨骏马扬鞭千里行。愿忘年师友，凌云壮志，承前启后，风雨兼程。携手登峰，凯歌高奏，挂战帆沧海纵横。浑身胆，任豪情万丈，醉舞长缨。

乳燕飞

余年初于鹭岛方与诸君握别，不意新秋甫降，芗江畔离歌又唱，何旧雨新知相聚之促耶？雪泥鸿爪，癸酉年立秋感赋成篇。

奋斗多奔走，感春光，无声沐我，意殷情厚。一点丹心曾许国，闽水黔山厮守，更何况、严冬过后。坐对苍松高千尺，羡清风、猎猎能盈袖，骨鲠在，精神秀。　　离筵紧接欢迎酒，问人生，几度骊歌，几番回首？永忆工行挥汗处，同志时伸抱负，飞笑语、满天星斗。共话神州腾起事，算诸君、雨露含滋久，个个是，经纶手！

满庭芳·书怀

岁月悠悠，襟怀沧海，自知甘露恩滋。丹心如是，为理想奔驰。纵有风风雨雨，立场在、爱党情痴。求真理，豪情迈步，马列定追随。

逢时，入好世，踏歌击壤，千首新诗。群黎同心干，四项坚持。放眼神州画境，勇改革，万种雄姿。鹏程远，扶摇羊角，四化自能期。

玉蝴蝶·读《滴泉居词稿》感赋

欣看滴泉骚客,铁笔在手,效仿先贤。养性修身,欲说往事如烟。抒豪迈,一腔热血,品婉约,泪洒花间。共婵娟,用长短句,写满诗笺。

情牵,凌云壮志,乘风追月,跨越关山。笑傲苍穹,春秋冬夏几千般。为梦想,沧桑历尽,总无悔,把酒凭栏。赋新篇,豪情万丈,一任登攀。

吟物寄意

步碧莲《我有一支笔》

我有一支笔，清风结墨缘。
舞毫书祖德，飞腕写宏篇。
蕴秀经酬酢，含情定焙煎。
传承兼使命，潇洒彩云边。

附：碧莲等吟友原玉

杨碧莲

我有一支笔，儿时初结缘。
溪甜胰牧草，角壮挂诗篇。
减仮寒窗苦，添灯冷榻煎。
古稀思故土，随梦到村边。

余元钱

我有一支笔，人间好缔缘。
江山妍画本，邦国壮吟篇。
志寄兼情抒，贤褒亦恶煎。
晨昏任驰骋，海角又天边。

林文聪

我有一支笔，也曾思结缘。
青丝空构架，白发未成篇。
暮色山头合，愁肠腹内煎。
文园难入室，寻梦到门边。

龙　腾

凌空惊六合，气概万年尊。
山岳驰豪骨，江河荡勇魂。
吞云浓雾吐，倒海巨澜翻。
昂首腾飞矫，乘雷浩气吞。

龙　相

虎掌鱼鳞撩鹿角，牛头象耳奋蛇身。
布云行雨携洪福，六合腾飞首相神。

咏　马

嘶风千里奔蹄疾，徐画牵魂最激扬。
伯乐爱才雄气畅，腾飞致远志轩昂。

老　马

荒沙黯黯自通灵，惨雾茫茫尚翼形。
啸雨嘶风鸣远志，老来伏枥岂飘零。

宝马赞　二首

的　卢

檀溪一踊义名威，陷阵追风落凤飞。
千古迷踪终未解，精灵异相倍光辉。

赤　兔

沙场百战疾如风，不用扬鞭赤兔忠。
昂首承恩知大任，千秋长啸傲苍穹。

金马踏春

郊野青舒仰首鸣，英姿飒爽启新征。
嘶风振鬣长天啸，电掣星驰大地惊。
任重路遥驱远塞，丹心铁骨卫边营。
堪同八骏齐忠勇，国泰民安著盛名。

领头羊

天生双角自轩昂，驰骋山原客路长。
傲雪凌霜从不惧，咩声开泰领头行。

属羊人

娇柔跪哺最温良，闭目虔诚爱思量。
翘首悠然开泰运，扶摇环宇仰刚强。

颂鸡五德 五首

鸡有五德：头戴冠，文也；足搏距，武也；见敌而斗，勇也；得食相呼，义也；鸣不失时，信也。

一、文 德

华冠嵌顶气如虹，亮羽花衣造化工。
引颈高歌文彩动，青云直上策奇功。

二、武 德

昂然振翅武周郎，虎步生风力自强。
传世纹图呈霸气，双全兼配不寻常。

三、勇　德

驱邪斗勇战沙场，亮彩争雄出众芳。
传檄江南迎旭日，奋飞凤爪振乾纲。

四、仁　德

秉身阳气玉衡星，觅食同尝荐素馨。
仁义真情弘五德，轩昂神韵越群灵。

五、信　德

司晨报晓万家兴，昴日星官著大能。
守信守时天职尽，终生奉献意奔腾。

白　鹭

亭亭独立意悠闲，片片斜飞逗海寰。
孤性无愁嬉雪彩，垂丝惹我改衰颜。

咏　雁

凌霜傲雪未睽违，宵汉双双人字飞。
万里传书情意切，来年消息载春归。

咏 蚕

昼夜吐丝终不悔，茧身自缚总情痴。
一心化做绫罗织，造福苍生尚可期。

咏 月

清辉万里琼楼静，丹桂悠悠渺似烟。
山水有情银兔乐，天涯海角竞婵娟。

月 夜

映水霓虹波彩闪，涟漪荡月溢清寒。
盈园不尽婵娟影，乐舞欢歌醉倚栏。

雨 后

雨送残阳竞骤风，瞥然云散喷烟虹。
山泉百丈前川落，故里清新翠如葱。

观 海

天风阵阵月西乘,碧浪滔滔逐日升。
放眼云帆皆幻影,涛声唤我再遐征。

咏 桥

泱泱大国遍飞虹,天堑歧途一脉通。
世界皆惊奇迹显,神州娇娆敢争雄。

源 泉 二首

(一)

天龙利物向人间,百鸟啼声活水潺。
汩汩灵泉烦恼涤,千秋不竭逐开颜。

(二)

千旋百转向人间,一路奔流不复还。
荡尽污邪歌舞载,真心奉献乐开颜。

竹 器

翠篆娟娟成大器，虚心高节是良材。
琢磨炼就斑斓秀，素手柔情广聚财。

慈父爱竹

虚怀傲骨竹常栽，历夏经冬勉洒来。
不问荣枯吟雅节，七贤同醉莫停杯。

观春晚 二首

（一）

迎新辞岁夜无眠，翘首荧屏国宝妍。
情侣同台心荟萃，飞歌丝路彩云边。

（二）

神州追梦喜安康，难忘今宵意最长。
丝路笙歌驰四海，中华天耀竞芬芳。

中国第一大金矿

绿树黄花涌锦云，情融春意物华新。
杭川俊杰雄心壮，再跃五龙腾紫金。

企业家协会

金鸡报晓傲苍穹，企业精英冠亚东。
盛世新程谋胜策，海西建设溥和风。

陈景河慈善基金会

中华美德赖弘扬，日丽三春愿景长。
舐犊思恩情化雨，心香一瓣永流芳。

咏《彭祖观井图》

覆轮观井万夫惊，倚树拴绳更莫名。
远害全身铭祖训，何人识得此中情！

贺《雁翎集》出版

杨花似雪满天飞,晓色初开映景辉。
雁越关山尘不染,鸿文如画报春归。

《诗海》第十卷出版

堪夸文广仰才高,逸兴长歌诗浪滔。
宋韵唐音追百卷,阳江潮涌领风骚。

《警世百吟》付梓

闻君百首赞廉风,刺佞除贪奉赤忠。
激浊扬清为己任,横戈仗剑一豪雄。

《古稀游世界》付梓

群书博览添宏愿,游历寰球举首吟。
踪影如歌忧忘乐,古稀立德畅君心。

《福建金融》百期之庆 二首

（一）

百期业绩献身多，经济运筹莫蹉跎。
拓展金融呈丰硕，整装前路再高歌。

（二）

喜借文缘聚俊才，芳菲竞秀百花开。
丹心潇洒添良策，健笔年年硕果来。

《百年中国》刊行

雄才丕业荟鸿篇，悦目舒心花竞妍。
国是共商施伟略，民生同奋涌英贤。
古今先哲推怀笑，南北黉坛着意联。
回首百年勋业峻，欣逢盛世再扬鞭。

《徐州彭氏族谱》刊行

故都首姓焕祥光，彭祖源流万代长。
滚滚红尘昭伟魄，融融血脉缀琼芳。
心存礼义联宗广，志蕴纯诚睦族昌。
新谱喜成怀远梦，枝繁叶茂举瑶觞。

贺王庆新院长书展 二首

（一）

书联精艺世人钦，梓展幽香寄孝心。
京鲁文魁传国粹，风骚独领耀翰林。

（二）

联如浩海任龙吟，妙笔精灵琢匠心。
文彩千秋腾剑气，恩瞻绛帐看如今。

贺沈一丹书画展

夙慧仙童文脉远，丹心碧海沐兰轩。
酣扬灵动书心美，飘逸神驰画韵尊。
迷彩人生呈厚礼，幽兰岁月著乾坤。
风华正茂千钧力，穿越古今鼙鼓奔。

岳麓书院

千年学府最风流，通变良才日月酬。
继往开来诗境润，钟灵毓秀物华留。
三湘弟子材因道，百代弦歌世与俦。
报效神州新页展，和风拂面柳烟稠。

立雪书院

山川堂上满鸿俦，梦卷榴花翠欲流。
卓尔经纶迎驷马，飘然风致跨青牛。
微雕禅道辉千石，瑞砚书香荡九州。
两岸情牵歌不尽，良辰更喜月盈楼。

立雪书院南院

闽南儒学第一村，苦笋精神道永存。
百姓源流扬国粹，九言正气铸华魂。
宗联碑刻丹青史，诗赋馆藏翰墨痕。
孝爱义恩存古朴，弘扬自信撼乾坤。

淘江书院重建

碧玉潭边览伟观，诗词歌赋竞同欢。
六朝山色溶簧宇，四海英才聚绛坛。
灏气文光池染墨，夭桃秾李月盈栏。
共来攀桂传薪脉，更借罡风起锦翰。

附：陈明安《淘江书院重建感赋》

淘水回环好壮观，江天一色彩云欢。
书声琅琅皆诗韵，院构巍巍是杏坛。
重拓墨池堪冼砚，建修文苑任凭栏。
落霞有意邀吟友，成就宏图展羽翰。

植树节

钜功久缅愿相承，强我中华绿化升。
树木树人桃李育，造林造福子孙腾。
红梅映日留春色，翠竹摇风乐友朋。
利国富民山水秀，年年装点奏丰登。

古城新貌

西湖柳绿荡娇莲，画友诗朋梦里牵。
七巷终端攻智慧，三坊网络写鸿篇。
巍巍楼簇微波闪，滚滚车流异彩妍。
鹤发童颜歌舞竞，弘扬国学策长鞭。

【注】
指当前智慧城市建设。

上元观灯

今年最艳客家灯,刻纸神龙沸地腾①。
箫鼓笙歌喧古巷,银花火树闹松陵。
盈盈笑语新图绘,暖暖春阳好梦承。
盛世繁荣褒善政,彭坊巨变撼心膺。

【注】
① 长汀彭坊村刻纸灯龙,乃省非遗。每逢元宵,游龙迎春,热闹非凡。

瞻云寄兴

终日空蒙常伴山,随风收卷任回环。
鳌峰岚气迷离急,左海波光自在闲。
不尽升沉参悟性,无端聚散幻芳颜。
古今变幻谁能识,成雨成霞惠世寰。

咏 镜

镜前仪态入眸清,如诉如歌伴一生。
碧水为神吾不避,寒冰作骨汝常迎。
秋毫明察图完美,肝胆相形在挚诚。
慨叹君临春几度,瑕疵显现寸心倾。

咏生春红古砚 二首

（一）

端石方池古砚酬，游翁觅得世无俦。
风流相伴春秋度，神韵文光颂九州。

（二）

十砚轩雕却带愁，民间濡笔自成侯。
乾隆闻讯夸无憾，立雪传承射斗牛。

十二生肖诗 十二首

咏 鼠

藏谷防饥凭慧眼，悠然挖洞靠伶牙。
轮回岁月名居首，仓廪丰盈百姓家。

咏 牛

四蹄奋进力千钧，负重躬耕为万民。
茹苦安详垂典范，精忠孺子妙如神。

咏 虎

仰天长啸驰豪气，披靡山林霸者风。
勇冠三军因尚武，神威四野奏奇功。

咏 兔

玉骨霜毛目似珠，和丹捣药舞蟾都。
狡存三窟融星魄，汉月梁园意自愉。

咏 龙

吞云吐雾千秋乐，倒海翻江震九天。
浩气奔腾华夏旺，风云际会舞翩跹。

咏 蛇

欲能吞象舞风神，逢运成龙倍自珍。
恩报隋珠融岳色，纵情妙曲乐无垠。

咏 马

嘶风千里奔蹄疾，徐画牵魂最激扬。
伯乐爱才雄气畅，腾飞致远志轩昂。

咏 羊

补牢古训含芝草，跪乳箴名报孝恩。
厚实宽仁行大道，掀髯启泰世人尊。

咏 猴

飞渊攀树勾仙果，破石惊天悟法身。
长臂传神金棒举，银丝焕彩送清新。

咏 鸡

啼更昂首唤天明，起舞凌风玉宇惊。
立范千秋涵五德，雄姿飒爽尽豪英。

咏 狗

衔衣报德扬忠义，护院巡疆赋圣贤。
遍印梅花开五福，赴汤蹈火著先鞭。

咏 猪

大肚能容堪富态，宽心无欲饱生灵。
迎春接福常知足，奉献终生荐素馨。

醉太平·腊鼓催春

梅枝满园，冰封地寒。拜神腊鼓喧天，祭祈声正欢。落花雪残，飞来杜鹃。东风又绿关山，欲诉千万般。

沁园春·"一带一路"感赋

虎唱龙吟，荡气回肠，盛世壮篇。唤亚欧大陆，畅通陆海；非洲共建，互谋齐肩。天下英雄，高瞻远瞩，开放包容牵福缘。重霄上，望五洲起舞，美景无边。　　回眸唐汉千年，谁能料而今梦又圆？赞雄心豪气，创新伟业；国营民企，齐谱新篇。习李亲诚，惠容天下，一带繁荣一路连。碧空下，看流光溢彩，寰宇腾骞。

鹧鸪天·论诗中应有我

偏爱风骚吟百章。篇篇有我费思量。不堪冷落花成泪，一任缠绵酒入肠。　　心既远，味尤长。几回梦里细评忙。莫言离恨催人老，佳句飞来醉玉觞。

一剪梅·雁影

一字横空云影浮。展翅凌霄，寄迹江洲。秋南春北与谁侪？清唳声声，抛却离愁。　　万里关山绮霭收。心有灵犀，日夜相酬。天涯处处是家乡，来也风流，去也风流。

龙　门

龙门夏禹开，天水泻洪台。
不惧狂涛急，偏宜导水来。
千秋秦晋好，三级古今垓。
欲诉春雷啸，神州酷壮哉。

小浪底

断壁平如削，飞流急似奔。
鲧山横地出，禹斧接天掀。
古栈几攀折，莲花九蹬昏。
峡中风景异，莫道不销魂。

天安门

威严天下云垠耸,千古风雷任纵横。
喜眺宫门龙仰首,欢腾碧汉奋新程。

归来亭

东篱采菊泛悠情,骋志书琴有道名。
斗酒安贫恒守节,归来载月度清明。

黄河颂(嵌字七绝)

神州大地百花妍,万里黄河喷瑞烟。
雷吼民魂功浩荡,月因中国梦常圆。

登泰山

一山拔起接蓝天,五岳昂尊竞万年。
健步瑶阶凌绝顶,争擎旭日彩云边。

杜甫故里

雪傲巩梅扬铁骨,风吹楚竹出尘寰。
望乡亭奏登高曲,常送诗魂故里还。

杜甫江阁

途穷身老孤舟寄,伤世忧民愤苦添。
楚地湘天怀杜圣,巍巍江阁晚风恬。

罗源碧岩寺

千瓣莲花四季青,匹岩飞雪济生灵。
槟城留画明禅义,惹得高宗荐素馨!

孟门山

巨舟横卧镇狂流,十里龙槽霸气留。
夜月朦胧人欲醉,孟门傲骨在神州。

筼筜即景

筼筜湖上寄生涯,碧水明波泛彩霞。
白鹭悠然飞掠过,林间栈道几多花。

壶口瀑布

遥看前川急浪来,万雷怒吼泄高台。
惊心动魄黄河水,奔落天壶动九垓!

九龙壁

玉栏碧水波光动,际会蟠龙虬影横。
一粒宝珠谁戏得?真龙天子拥霓旌。

金粟寺

殿宇巍峨香袅袅, 千年古刹焕新颜。
十三檀信因缘聚①,奕世真灯又再攀。

【注】
① 指重修金粟寺发起人韩良淑大护法等十三位贤信。

黄山迎客松

青狮石上立千年，遥对雄峰傲层巅。
奋臂笑迎天下客，云涛衮衮玉阑边。

何岭古道

云轻雾重抚杉松，峻岭风凉载酒从。
不忍浓情留画里，悠然牵梦到天峰。

西湖泛舟

湖水盈盈舟影柔，绿波拍岸泛新楼。
夕阳映彩莺声美，方信人间有福州。

咏五虎山

层峦叠嶂五峰雄，水拱江环玉带中。
若问神仙何处是，诗人兴会啸长空。

神农谷十咏

珠帘瀑布

烟雾茫茫涧谷深,飞珠溅玉任浮沉。
千年孤守痴情女,帘洞寻郎到至今。

树抱石

古栗虬盘气势雄,有缘相会沐春风。
钟情巨石君知否,地久天长不语中。

黑龙潭

神农足印入花丛,药洗深潭黑水融。
一抹轻云波似镜,几多爱意在诗中。

石板滩

涛声阵阵响重峦,谁见山溪巨石盘?
应是药池消暑气,万阳猴兔意幽欢。

试鞭石

赭鞭轰石寻神草,瘟疾消亡万世功。
莽莽奔流声更壮,诗情不尽沐春风。

神龙瀑布

银河落下似奔龙,三叠飞溅百仞峰。
绿荡翠盈声震谷,仙风诗意快心胸。

龙潭天河

咆哮声声绝壁边,青龙发怒浪滔天。
燕飞惊见湍流急,曲径通幽看杜鹃。

狮子岩

雄狮威踞气轩昂,翻滚珠球岁月长。
浩荡东风迎紫气,子孙万代演疏狂。

芳草鹿原

茫茫草甸接云天,鸟语花香梦里牵。
野鹿穿梭添倩影,仙风吹过几轻烟。

银杉群落

高标如剑挺云霄,历尽冰川勇气娇。
耿直一身迎紫气,英雄自古不弯腰。

六盘水行 五首

(一)

今日山城盛世红,绿原青垄尽花丛。
挥毫把盏狂诗画,好景描来聚梦中。

(二)

街贯钟山气更虹,高桥飞架路网通。
巍巍铁塔乌蒙秀,娴舞弦歌在碧宫。

(三)

拔地摩天楼叠楼,新城如画壮心酬。
人和情聚同歌咏,天街归来喜泛舟。

(四)

荷城凤池漾碧莲,日斜云静雾如烟。
和谐引领万民乐,棋苑茶香不夜天。

(五)

琼浆润我笑颜开,半世情缘萦梦回。
但愿心随飞雁去,盘江唤得煮茶来!

孔孟故里行 四首

祭孔大典

绵绵细雨散馨香，佾舞翩跹雅乐扬。
凤德麟经敦圣礼，威仪万古尚华光。

尼山书院

韵天降圣仰尼山，师表常尊响佩环。
永飨德音风雨后，大成诗礼照尘寰。

孟　庙

古柏苍苍遗范长，开儒阐道七篇彰。
择邻断织缘何事？青史悠悠亚圣章。

太白楼

斯楼千载数沧桑，启足心游客路长。
倘若诗仙无傲骨，醉吟何德绽芬芳？

桂林纪游 十九首

漓 江

峰峦滴翠雨烟中，竹影江波跃玉骢。
画舫迷离飘幻梦，人生绚彩赛仙翁。

象鼻山

千载漓江象鼻山，琼浆吸吮彩云间。
引来双月成佳景，莫是甘醇在此湾？

猫儿山[①]

华南绝顶洞穿仙，幽谷龙潭剑瀑牵。
飞虎豪魂常景仰，三江激励著金鞭。

【注】
① 猫儿山是漓江、资江、浔江三条江的发源地，至今流传抗战英雄飞虎队的故事。

八角寨

鬼斧神工凿寨台，龙头出世净无埃。
天心香火融天趣，世遗丹霞绝秀开。

尧　山

扶摇翠顶玉皇迎，云海山涛绮丽倾。
飞瀑幽泉参卧佛，杜鹃遍野瑞升平。

宝鼎瀑布

丹霞岩上荡红绸，匀转成帘碎玉浮。
尤似巨龙飞宝鼎，银河倒泻意悠悠。

榕　湖

涪翁①情系古南门，榕荫双桥带远村。
北斗芙蓉添妩媚，凌空喷乐欲销魂。

【注】
① 黄庭坚，字鲁直，号山谷道人，晚号涪翁，北宋知名诗人、书法家。榕湖北岸榕荫亭旁立有"黄庭坚系舟处"石碑。

杉　湖

巍然双塔嵌湖中，画舫怡情锦绣丛。
只为知音情思远，菇亭月夜挹香风。

桂　湖

景桥荟萃竞争妍，遍览名园碧水边。
缥缈晴岚扬馥郁，天人合一共婵娟。

木龙湖

荷轩龙塔乐遨游，宋韵边街月似钩。
山水古今皆叠彩，风华胜景喜相投。

龙脊梯田

如螺似塔耸青云，叠叠披岚瑞霭氛。
都道天梯真一绝，恢宏气势吐奇芬。

王　城

云阶玉陛最温情，变幻风云不计程。
常在中山留遗嘱，莘莘学子励虔诚。

阳　朔

半晴半雨紫烟升，雾拥云峰秀水澄。
遥望碧莲奇绝在，竞夸阳朔冠荣称。

独秀峰

孤峰挺秀柱南天，石塔禅心紫气连。
步步登高寻梦境，一城烟水涌身前。

西　街

中西合璧蔚奇观，古街风情笑语欢。
碧水奇峰迷远客，灯红酒绿梦凭阑。

芦笛岩

桃花江畔水晶宫，五彩缤纷造化工。
炫目神奇人欲醉，置身圣殿沐春风。

灵　渠

湘桂同源一线牵，四贤功德古来传。
状元桥畔人潮涌，碧水悠悠唱万年。

印象刘三姐

真山真水舞天穹，溢彩流光气势雄。
震撼心灵浑是梦，歌仙飘幻瑞烟中。

桂海碑林①

摩崖渊薮胜千金，唐宋碑铭甲桂林。
元祐五君弥贵品，梅公瘴说仰天心。

【注】
① 桂海碑林中著名的石刻有：《元祐党籍》《五君咏》《龙图梅公瘴说》等，《龙图梅公瘴说》以岭南的瘴气比喻官场五毒。

苏州行 九首

拙政园

观山楼下曲池连，听雨轩前茂树鲜。
任凭飞虹常变幻，总留美景在人前。

寒山寺

残碑犹记两僧情，夜半钟声梦不惊。
偏爱枫桥寻古训，敬心忍意愿时平。

虎丘山

冲霄斜塔欲腾飞，蹲虎朦胧倚落晖。
但使剑池珍宝在，千人石上翠光微。

留　园

冠云延福梦成真，雨过天晴不惹尘。
莫道济仙寻自在，蓬莱移到祍吾民。

沧浪亭

波光逐影雨含烟，万竹摇空雾满天。
明道堂前风乍起，名贤百姓竞流连。

报恩寺

巍巍佛塔报深恩，远览苏城欲断魂。
化作素心香火旺，梵声阵阵荡乾坤。

狮子林

含晖吐月耸狮峰，燕誉盈堂著意浓。
指柏问梅真趣远，卧云立雪笑相逢。

盘门景区

瑞光丽景胜丹青，水陆萦回伴素馨。
铃海和风天际美，游人难舍月盈庭。

苏州博物馆

遗珍锦绣傲江南，国宝琳琅漫美谈。
流韵神功多雅事，艺坛盛宴万人酣。

溪山揽胜

云飘雾渺最销魂，汤苑舒身拂醉痕。
缱绻星光怀百趣，溪山赏乐慨乾坤。

彭城行 二首

（一）

四海贤亲蕴古城，壶浆笑语闹纷腾。
缅怀始祖齐虔拜，文化弘扬旺大彭。

（二）

千年古井著芳声，倚树临泉跐步兢。
谨慎洁身师始祖，延年玉液莫相轻。

喜游瑞云山 二首

（一）

白云深处笛声扬，犹忆当年吹号郎。
手执长缨征腐恶，分田分地仰朝阳。

（二）

瑞云蔚起景千千，瀑卷珠帘挂九天。
嘉木奇花飞彩蝶，松风竹色绕岚烟。

上杭赞歌 十二首

古田会址

旗耀苏区星火旺，古田圣地永流芳。
和谐发展闯新路，国运兴隆发曙光。

才溪乡

榔头板斧江湖闯，模范才溪第一乡。
民乐财丰酬伟业，光荣亭畔菊花香。

临江楼

临江楼上秋风劲,岁岁重阳彩韵香。
对弈谈心增厚谊,和衷共济远悠扬。

文昌阁

先贤筹运文昌阁,雷动闽西着快鞭。
更喜今朝名仕聚,春潮逐浪百花妍。

瓦子坪

天涯游客梦常萦,瓦子坪中养德行。
谱牒章章灵气旺,传家孝友福无边。

时雨碑

为官从政重名声,百姓安宁骏业荣。
施政励精时雨济,留些功过后人评。

太忠庙

睢阳碧血照丹心,正气凛然敬意深。
时际三阳香火旺,万家玉烛伴春临。

流芳坊

流芳碑上载恩荣,廉洁贤良是俊英。
似秤民心公正秉,扬清激浊奋鹏程。

孔　庙

状元桥上传佳话,大殿箴言数圣踪。
万众尊崇弘教化,民风敦朴友情浓。

老　街

杭邑之前有郭坊,丘祠郭庙证沧桑。
老街浑厚时空越,树下花灯夜未央。

紫金山

第一名闻天下颁,铜娃金帽尽欢颜。
龙骧云骧丰碑著,万险千难只等闲。

冠军林丹

斩将过关超级丹,羽坛满贯逞奇观。
胸中自有真情在,为国争光不下鞍。

仙游行 十首

湄洲岛

舟楫穿梭仗蕙风，笙歌荡漾紫烟隆。
潮音奏乐喧钟鼓，博爱天妃万世崇。

九鲤湖

荡青漾翠弄轻波，臼洞樽坑趣若何？
妙绝珠帘衔玉箸，九仙戏瀑唱泓歌。

麦斜岩

樵谷山崖铁衣将，郑公观象慧龟监。
石钟乍响风兼雨，古寺仙灵耀此岩。

菜溪岩

石门笑对飞来石，滴翠狮峰醉意浓。
溪曲泉清深谷寂，幻游洞下有迷踪。

天马山

天马奔腾化陡峰，飞流直泻下苍龙。
云梯绕壁仙桥上，古道幽深倩影重。

东岩山

报恩寺塔浮雕美,三教祠连郁馥樟。
仰望麒麟迎教主,道从晓旭德绵长。

石室岩

妙应跨虎留佳话,石室藏烟变舌真。
激地智泉珠瀑涌,盘龙济世八仙神。

紫霄岩

连理人榕敲石鼓,祥云迎福玉壶池。
洒泉罗汉开怀笑,水激雷轰唱古诗。

壶公山

彩屏千仞殿凌云,雾海烟涛拜帝君。
风涌天池茶韵美,聪明致雨众生欣。

九龙岩

潭水涟漪岭影摇,磬钟鸣起籁声消。
寺前乍听悬涛响,疑是真龙戏水遥。

巴山蜀水行 十八首

长寿广场

如画岷江山水美,武阳古韵润悠情。
笙歌长寿群星灿,万代千秋颂大彭。

彭祖雕像

本生蜀地家东蜀,叶落归根葬祖山。
八百长春多秘术,高山仰止唱慈颜。

彭祖山

九九步梯登胜境,山川秀色趣情同。
煌煌仙室灵风聚,学道功成长寿翁。

彭祖祠

金身重塑颂丰功,祖德弘扬四海崇。
故里于今花鸟境,晋祠祭拜烛香隆。

彭祖墓

商贤古墓发芬芳,气势恢宏绿靓妆。
导引养生留祖训,椿龄莱舞斗春光。

长寿城

欣书百寿瑞图呈，百岁仙翁聚此城。
兹是众民循古训，养生健体万邦惊。

仙女山

双佛齐山法眼同，护巡仙女白云中。
顶峰览胜风光美，簇簇鹃花似火红。

都江堰

宝瓶口系彭人筑，内外江分水堰神。
更待李冰谋远策，富隆天府百川新。

彭祖峰

千崖万树笼烟雾，杰阁青牛驾浩云。
西岭东川齐伴我，青城峰顶拜真君。

椿仙行道

欲访椿仙植树先，幽幽行道法昭然。
归真返璞知真谛，喜看青城系祖缘。

古蜀彭国

丹景艳红原乞寿，大彭飘逸傲长空。
天香国色精华在，秀气灵光世泽丰。

丹景山牡丹

山野崖间翠艳开，似颦如笑耀琼台。
天姿国色烟霞重，谁把花王著意栽？

彭水悠悠

彭水悠悠千载翠，亡山郁郁万年尊。
衷情巴蜀留仙迹，积厚流光佑后昆。

彭家楼子

烛果香花常祭祀，彭家楼子俊川东。
九州一脉同苗裔，水木长瞻永福隆。

家珍将军祠

弹丸除恶壮军魂，仁义精神励后贤。
崇祀蓉城承万代，和谐华夏艳阳天。

武侯祠

武略文韬萦两表，祈山饮恨奈君何。
躬亲仗义千秋仰，且听神州咏颂歌！

杜甫草堂

千古诗圣泛寓难，浣花溪畔起波澜。
心忧浊世民间苦，又起秋风客不安！

三峡美

高峡平湖品峭峨，湍流何处逐遗波？
雄峰气势幡然在，飞瀑尤弹盛世歌。

罗源玉廪①行 三首

（一）

渔舟迭唱众鸥飞，欣采鲜鳞鼓棹归。
不羡松江鲈味美，情牵玉廪弄斜晖。

【注】
① "玉廪"乃罗源彭氏集居地。

（二）

杉洋①连海井兜②香，必乐③渊源逐浪长。
喜驾东风增瑞运，陇西裔族竞芬芳。

【注】
① "杉洋"
② "井兜"乃祖居地名，
③ "必乐"公乃始迁祖名。

（三）

拱海扛山灿玦环，明珠闪亮罗源湾。
井兜子弟多才俊，沐日扬帆涌笑颜。

洞庭湖十吟

洞庭湖

滔滔湖水波如镜，点点渔舟夕照明。
吕祖湘灵缥缈处，无边风月乐升平。

岳阳楼

雪浪重湖湘楚秀，声声玉笛彩霞迎。
欲吞云梦斯楼聚，后乐先忧共一程。

屈子祠

离骚一曲带悲声，道是灵均峡畔行。
岁岁龙舟追远梦，招魂歌里柳烟轻。

杜甫墓

笔底波澜四顾悲，千年遗下杜翁诗。
悠悠青冢飞云鹤，牲酒香茶祭圣师。

柳毅井

井深千尺荡乡音，万里传书爱恋深。
重信痴情终不负，戏文代代动人心。

湘妃祠

山牵别恨愁斑竹，水带离声泪绝天。
长夜恍闻湘笛曲，鸡鸣敬祭到祠前。

龙州书院

当年儒学傲苍穹，敢驭鳌头起巽风。
寂寞今随江水去，诵声朗朗映长虹。

君山银针

几番起落竖汤中,明净金黄雅趣充。
嫩似莲心藏妙理,壶壶翠茗溢香风。

张谷英村

井房棋布渭溪河,朝水开门福运多。
民誉故宫兴礼义,顺天重教引笙歌。

平江起义纪念馆

风涛云海仰苍穹,拔地虬龙起义功。
犹听炮声鏖战疾,讴歌千代颂彭公。

鄱阳湖组诗 十首

鄱阳湖

大江浩渺挂葫芦,素抹无妆胜宝珠。
碧草渔舟烟雨漾,谁招鸥鹭逗仙姑?

滕王阁

飞阁襟江迎远客,名篇朗朗贯氤氲。
天高地迥人潮涌,俯仰洪城惹瑞氛。

庐　山

峰隐壑迷君不识，茫茫禹迹几春秋？
回眸五老虹霞映，晴影香风誉九州。

谷帘泉

银河泻落鼓雷奔，千丈飞霓卷彩幡。
滚玉抛珠高谷挂，名泉第一最销魂。

陶渊明故居

倦鸟还乡岁月骎，躬耕醉酒喜登临。
清风高节孤云逐，偏爱灵龟赋德音。

南昌起义纪念馆

南昌枪响奔雷激，星火升腾赤县惊。
最是缅怀回首际，前驱功绩跃长鲸。

龙虎山

丹峰碧水气如虹，龙虎丸成道统崇。
久羡伏魔光社稷，此身愿授上清宫。

三清山

三峰缥缈紫烟中,翠色松风妙趣同。
更喜葛公丹气旺,道崇四海万年隆。

景德镇

玉壶银瓮扬天下,竹范金熔艺铸呈。
剔透玲珑唯巧匠,陶公至德运瓷城。

共青城

湖畔千家旧草棚,而今化作共青城。
英魂豪气凝甘露,香串明珠世界倾。

最美庐山 十三首

庐山雾

白絮飘飘静若尘,岚飞岚散幻中真。
云峰偶露峥嵘美,是幻是真迷煞人。

庐山瀑布

织女扬花白练飞,喷珠荡雾拂银晖。
分明天赐瑶池落,昂首匡庐尽彩菲。

五老峰

五老高吟上九天,诗笺片片化轻烟。
彩云多事翻书卷,秀色千秋梦里牵。

三叠泉

九叠谷中三迭瀑,串潭穿峡聚幽湖。
绿林奇石开仙境,好似瑶池落玉珠。

含鄱口

巨龙张口函鄱水,雾起烟腾幻妙神。
恍见天边浮彩晕,红霞万朵浩无垠。

锦绣谷

破雾穿云松顶上,千岩万壑画中行。
繁花似锦催人醉,浓淡晴岚拭靓妆。

仙人洞

清泉滴滴滴千年,灵异苍松欲接天。
飘渺洞中仙气在,阆峰隐约乱云边。

如琴湖

波摇绿影银光闪，曲岸如琴几媚娇。
更喜湖心翔孔雀，飞来遗石傲云霄。

花 径

花开花落竞风流，司马观花雅韵留。
快意人生当一醉，仙山胜景好悠游。

芦林湖

秀谷茂林镶碧玉，波光荡漾浴春风。
纷纷天外神湖啸，辉映芳菲别样红。

白鹿洞书院

书院师尊白鹿名，钓台鱼少洞规清。
修身处事循真理，贯道溪旁闻晓莺。

庐山博物馆

馆影晶莹笼雾云，奇珍异宝梦无垠。
故居犹记风雨骤，铁骨铮铮唯将军。

毛主席诗碑园

鸿篇浩浩耀乾坤，椽笔擎天万古传。
水映山融藏国粹，碑园隽永系诗魂。

湄潭吟 六首

遵义湄潭素称名茶之乡，近年创建"天下第一壶""天下第一道""天下第一福"，堪称"三绝"。又逢状元阁开光，文殊菩萨显灵，更添吉祥瑞象。余感慨欣喜，畅吟七绝六首，同证其盛。

天下第一壶

巨壶伟岸湄江立，烹煮名茶遍地香。
秀色山光斟满盏，同君和韵话衷肠。

天下第一道

日月精华茗蕴浆，越关破险自芬芳。
畅游环道添奇趣，顿觉空灵雅韵长。

天下第一福

铁画银钩笔劲苍，龙飞凤舞墨尤香。
竞夸天下无双艳，宏愿成真在此乡。

状元阁

霞光普照阴霾散,钟鼓弥天异象呈。
遥对峨眉灵气聚,文昌显应众心倾。

茶圣亭

茫茫茶海簇青青,松月幽篁万籁灵。
茶圣亭中思陆羽,古今常颂茗中经。

同心锁

火焰山高古道长,爱心挂锁意轩昂。
同床共枕无花梦,偕老南山夙愿偿。

附:李季能湄潭吟和诗

接读彭君诗稿,若聆弦音之铿锵悦耳,激发之余,特步韵以和之。

天下第一壶

天壶倒影映湄江,火焰烹茶四海香。
诚召五洲宾客至,同登极顶话衷肠。

天下第一道

环游茶道品琼浆，内蕴精华自雅芳。
漫漫人生无尽路，形虽短暂却悠长。

天下第一福

福在身前即上苍，无需化纸与烧香。
贪嗔不悟成空影，事到头来若梦乡。

状元阁

荡去阴霾祥瑞生，霞光紫气见纷呈。
虔心但把文殊敬，妙笔词章四海倾。

茶圣亭

坐亭遥望远山青，浮影陆公若显灵。
盏中品得清馨味，追源溯本忆茶经。

同心锁

情爱同珍愿久长，征程共赴意高昂。
崎岖锁定同心志，苦涩酸甜互补偿。

杭州西湖吟 十首

苏堤春晓

碧波如镜曦光艳,柳绿桃红染晓烟。
蝶舞翩翩添妩媚,人间仙境竞婵娟。

曲院风荷

风怜莲叶不胜娇,漫步荷桥暑气消。
曲院犹闻香溢远,人花相映任逍遥。

平湖秋月

月映平湖荡客舟,波澄浪阔紫光柔。
何方羌笛悠悠起?除却心头几许愁。

断桥残雪

银妆素裹最销魂,潋滟熹微醉月昏。
梅绽枝头香似酒,几番疑到杏花村。

柳浪闻莺

绿丝飘浪逗莺啼，曲径通幽草色低。
今日欢歌追远梦，碑铭不战慰群黎。

【注】
景区矗立着"日中不再战"纪念碑。

花港观鱼

金鳞红鲤跃花溪，戏水嗫花卷彩霓。
昂首相携情似海，游人陶醉玩痴迷！

雷峰夕照

彩霞映塔佛光融，秋色横空鼓法风。
千古沧桑留韵事，浮屠如鉴与天崇。

三潭印月

瀛洲凝翠水云间，诱落青盘媚粉颜。
相印我心文脉藉，雅亭百卉晏游闲。

南屏晚钟

满山岚翠起暝烟，谁放钟声播远天。
胸有光明凡圣一，梵音阵阵入心田。

双峰插云

金沙涧水仰高峰，云海茫茫两衮龙。
南北峥嵘翘翠色，笑随灵隐永相从。

张家界组诗 十二首

武陵源

天公偏爱张家界，风雨千年造化恩。
秀水奇峰名第一，云烟霞雾最销魂。

天子山

倚山览尽苍天景，御笔峰前聚石兵。
元帅高风皆拱拜，散花仙女励虔诚。

神堂湾

神堂奥秘谁能解？鏖战军兵卷戟幡。
巾帼杨门雄胆壮，腾龙精魄世人尊。

画　廊

水墨丹青绝壁悬，寿星迎客百花妍。
画廊十里风光美，不尽游兴蝶梦牵。

杨家界

五色花娇恋翠溪，藤王灵树客犹迷。
吉祥白鹤驰飞瀑，如醉如痴曲欲题。

袁家界

龙梯送我在峰巅，一柱昂然仰楚天。
扪月摘星心锁定，悬桥相约彩云牵。

黄石寨

闺阁门开宝匣来，松涛流翠摘星台。
南天一柱舒仙境，不羡蓬莱亦快哉。

金鞭溪

叠嶂层岩波浪涌，千回百转似迷宫。
亦趋亦景犹如画，直泻瑶池映彩虹。

黄龙洞

千古迷宫荡碧河，寒流汩汩晃金波。
神针定海黄龙镇，钟乳玲珑奏乐歌。

宝峰湖

碧波潋滟霞光奇，高峡悬湖举世痴。
神斧鬼工堪杰作，方知此地是瑶池！

湘西大剧院

魅力湘西乐趣浓，艳歌狂舞竞雍容。
撩魂篝火深情意，忘返流连盼再逢。

天门山

峭壁门开气势雄，通天索道掠飞鸿。
莫愁鬼谷牵惊梦，仙境犹然楚地中！

长白山 七首

长白山

白山灵秀翠岚笼，高峙嵯峨紫气中。
游客欲探真面目，腾云驾雾壮雄风。

天　池

云影烟波罩翠峰，碧蓝湖水映娇容。
玉龙牵梦寻仙境，泉涌三江浪万重。

白云峰

风清云淡露真容,原是山中第一峰。
秀气灵光君不见,傲然仙骨几从容。

聚龙泉

珍珠点点似花灯,串串轻烟紫气腾。
应是百龙消暑热,暖流涤送与高朋。

长白瀑布

鸣雷岭北震天涯,直泻银纱绽素花。
翘首元龙驰瑞气,白山翠郁誉中华。

绿渊潭

飘空白练舞纤纤,飞落深潭碧绿兼。
水雾笼纱藏倩影,龙吟狮吼笑声添。

地下森林

密林谷壑惹人痴,如缕如丝锦绣披。
苔藓松柔呈远迹,神灵天造玉龙墀。

扬州行 十三首

瘦西湖

柳丝袅袅笑春风，疏雨轻烟玉带融。
清瘦秀妍天下绝，游人尽醉画图中。

大虹桥

丹蛟卧水化虹桥，波荡垂杨柳弄娇。
画舫弦歌香影逐，吟诗泼墨乐逍遥。

五亭桥

水浮冉冉五莲花，影戏涟漪竞吐葩。
众月争辉金荡漾，广陵美景古今夸。

白　塔

功成一夜话神奇，玉立亭亭巧赋诗。
白塔红莲相映趣，多情淮左笛箫吹。

钓鱼台

南巡佳话秀红尘，拱照三星绝景真。
游客流连留玉照，金山仙境柳花新。

月　观

水中天上月双辉，云起山来荡欲飞。
信步闲庭心志养，神仙羡我不思归。

徐　园

微风飒飒似鹂歌，春色盈园故事多。
感慨当年常煮酒，英雄难觅寄烟波。

大明寺

蜀冈千载梵音声，宝塔名泉道永擎。
古刹禅心弘法梦，魂萦鉴真赤子情。

平山堂

堂前垂柳又春风，常念欧公倍奉崇。
千古文章风采著，多情怀远学勤功。

何　园

中西合璧费脂膏，片石山房绝艺高。
复道串楼连妙景，登临寻乐醉陶陶。

个　园

江南名石共芳颜，春夏秋冬四季山。
更喜竹君标劲节，楼亭轩阁伴幽闲。

凤凰岛

七河八岛凤凰翔，瓷韵清新带御香。
极目天舒伊甸里，江淮美景焕祥光。

古街巷

幽幽古巷最扬州，御道奇珍夜更稠。
条石青砖神韵聚，名城风雅动吟酬。

黄河颂（律诗联句）

九曲奔腾入海流，波涛滚滚润神州。
心追东海千山过，名与中华万古留。
天地沧桑情未老，风云岁月世无俦。
苍龙跃起宏图展，恰似摇篮梦里头。

咏昙石山

陶灯闪闪土埙鸣,闽水滔滔鼎釜倾。
怵见山奴差殉立,尤闻南岛驾舟迎。
休言自古无尊族,当看如今有美名。
欲道变迁寻史迹,起源福建证文明。

岳阳楼

气吞云梦琼楼壮,四绝风光此地寻。
八百秋波添翰彩,万千景象涤尘襟。
民安岁稔高千古,后乐先忧共一心。
对月临风唯把酒,馨香浪涌昔贤歆。

大蜚山

翔飞彩凤跱成峰,古寺深藏几杵钟。
叠翠幽情迷侣客,伽蓝禅气湿苍松。
新添栈道欢声畅,远眺兰溪佳气浓。
日出祥云连曙色,梓乡常返觅仙容。

六盘水纪游 六首

丹霞山

红霞缕缕映蓝天，天柱雄擎古寺妍。
雷刺神书腾侠气，鸡衔铜栋启经弦。
倚楼观日人心醉，绕塔焚香法语坚。
万顷波光吞莽岳，八方游客乐流连。

碧云洞

楼阁玲珑挂半空，丹炉巧绝焰心中。
铮铮声响苍龙动，栩栩形真大汉雄。
碧乳畅书溶洞秀，桃源浓笔古城隆。
诗碑情系徐公影，山色苍茫唱大风。

玉舍森林公园

郁郁葱葱雾里迎，素娟百卷诉铮铮。
夜郎宫里邀香影，醉汉溪中笑倩莺。
盛夏霞光辉落日，隆冬玉树挂银英。
共来绝妙幽芳地，乐不思乡听玉笙。

麒麟洞

仰天长啸振苍穹,星列迎宾惬意融。
倒挂紫藤千浪起,高悬翠壁一舟空。
桑田沧海凝佳景,鬓发白头赏俊雄。
荡涤尘埃情万种,任君放眼梦魂通。

桃花洞

桃花岁岁醉春风,戏蝶流连忆宋翁。
佳景①缤纷思旧匾,晚霞璀璨醉芳丛。
湖光恬静烟云秀,峰色清幽气境雄。
仙女频频来相觅,千年古洞誉苍穹。

【注】

① 桃花公园建成时,曾应宋崇书之约,题书"佳景"匾额悬于峰顶亭。而今匾空人去,无限感慨!

滴水滩①

关索大坡峡谷雄,连天飞瀑夹潭冲。
练垂千尺腾烟雾,声啸三川震地宫。
仙女下凡舒窈窕,明珠溅雪笑空蒙。
布依新寨欢歌畅,溢彩风光惬意融。

【注】

① 滴水滩三层瀑布乃黄果树瀑布源头,集高、大、美、奇诸多特色,风光秀丽,令人叹绝。

高阳台·黄河颂

气势磅礴，涛声震耳，高歌欲奏华章。民族摇篮，文明哺育名邦。神工造化惊天地，沥血中原数沧桑。出昆仑，不屈不挠，屹立东方。　　寻圆华夏中兴梦，合心扬清浊，地老天荒。龙的传人，浑身胆，敢担当。齐心再谱黄河曲，看英雄一展疏狂。写春秋，风雨兼程，无尚荣光。

高阳台·三上长白山

林海茫茫，涛声阵阵，千年享誉辽东。源泻三江，仪尊灵秀沧龙。人间仙境知多少，晓露寒，谈笑秋风。感天公，天赐晴空，痴意融融。　　群峰独恋天池美，几多柔情水，上善其中。宁静真容，欣然浩运凌空。清泉直下银绸舞。不觉间，跨越巅峰。几春秋，荡涤尘寰，诗抒苍穹。

汉宫春·咏峨眉山

竹浪松涛，看烟笼雨润，云海茫茫。桫椤郁浓，散发阵阵幽香。山泉淌水，几分清音说悠扬。金顶耀，灵光欲现，天门依旧沧桑。　　书写上古奇观。聚莲坛紫气，天下无双。禅风远传旷野，诗也疏狂。丛林尽染，任持心经铸华章。维妙德，无边苦海，修行悟解担当。

南乡子·庐山仙人洞

佛手露晨曦，石上清泉映玄晖。松气飘香心欲醉，如痴，天上人间梦几回？　　遥看险峰奇，云海茫茫雾里迷。无限风光书不尽，神驰，道骨仙风可入诗。

人月圆·西湖赏月

繁星点点悬明镜，光彩映西湖。茫茫人海，笙歌频起，憧憬蓝图。　　桂花玉露，欢声笑语，夜幕千夫。东篱把酒，良辰好友，醉满金壶。

汉宫春·登岳阳楼

伫倚朱栏，看鲲鹏展翅，湘水连天。飞檐独尊，赞斗角几千般。三梅二醉，伴名楼，堪绝尤妍。倾胜迹，情怀感慨，更崇忧乐名贤。　　今日把酒临风，领湖光一色，缥缈云烟，抛空已悲物喜，宏愿腾骞，欣逢盛世，数风流，忧乐随缘！闲自得，吟诗作画，悠悠不尽千年。

阮郎归·水城望月

银光秋露晚晴初，花香泛翠居。且将清酒化飞书，莫云客路虚。　　纤笛颂，展眉舒，举樽意自如。异乡无虑世情疏，有朋总乐乎！

汉宫春·登黄鹤楼

漫步名楼，任凭栏远眺，江水连天。名家对联，自古一脉相连。沧桑几度，抒豪情，飞越关山。抬望眼，英雄辈出，诗词歌赋年年。　　穿越赤壁沙场，火光中剑影，浮想联翩。繁华大桥两岸，流水潺潺。花团锦簇，树常青，天上人间。逢盛世，莺歌燕舞，千杯酒共婵娟。

临江仙·神农谷

溪折径回穿峭壁，幽幽烟雨悠扬。奔雷如啸雾茫茫。水帘泓碧翠，飞瀑更雄张。　　石板滩前怀抱树，龙潭狮子祈祥。镜花峡谷仰高骧。老天生福地，神趣满潇湘。

汉宫春·炎帝陵

洣水环流，看园中叠翠，威武皇陵。东风劲吹，处处绿树长青。回眸历史，织麻裳，农茂耕兴。居榭屋，弦弧剡矢，炎黄由此相承。　　碑石永载文明，奋神龙贵胄，寰宇欢腾。人文圣风浩荡，飞跃长鲸。千秋俎豆，共心弦，歌乐旗升。崇始祖，豪情万丈，高歌重上征程。

朝中措·长堤漫步

茫茫翠色远山村，曲水逐浮云。浪涌轻波舟缓，凝神大地氤氲。　　天涯路远，流金岁月，融入芳魂。莫道三春已去，中元依旧缤纷。

花木情思

咏　竹

硬顶千层土，凌空百尺身。
虚心怀劲节，瘦貌傲凡尘。
逐岁冲尖笋，逢寒举翠神。
高昂三友挺，娇媚奋清新。

画　竹

带露凝烟挥逸气，青筠翠叶也疏狂。
任它风雪严霜恣，直节凌云日月长。

咏苍松

风涛云海耸奇峰，铁骨冰心若巨龙。
四序青青呈本色，昂天浩气笑从容。

咏牡丹 六首

红牡丹

红妆国色无双艳，细脉鲜肤第一香。
疑是洛神情似火，赤心片片送家乡。

粉牡丹

淡淡芳容娇不语，檀心似醉弄胭脂。
欣逢盛世馨香竞，占尽风光展丽姿。

紫牡丹

锦蕊霓裳绡紫玉，暖香不尽暮烟情。
洛阳遍地痴花客，醉舞狂歌爱意萦。

黄牡丹

花中绝品数姚黄，金耀征衣溢麝香。
顾影空怜姿绰约，瑶林仙女展春装。

白牡丹

翠艳瑶台西子舞，云裳玉缕冠群芳。
蟾精雪魄雍容态，我自天涯笑武娘。

绿牡丹

翡翠青裳富贵花，风流倜傥傲中华。
品高绿艳真王者，遍播芳情百姓家。

咏梅 五首

百卉凋零我自开，红云绛雪净尘埃。
横斜疏影催春意，独上瑶台引鹤来。

红 梅

素裹千山一树芳，红装绚丽溢清香。
丹心倾化寒冬雪，繁卉新开喜气扬。

寒 梅

冰润霜滋玉洁身，芳情逸韵最诚真。
清高不与争春艳，频送幽香馥世人。

瓶 梅

瘦枝玉蕊青瓶里，淡淡幽香醉我心。
冷艳休怜春色少，笑迎窗外百花临。

蜡 梅

一花满树斗香浓，百战寒流却贺冬。
唤起群芳齐绽放，江山溢彩映酥胸。

三角梅

花如孔雀彩屏开，尤喜阳光遍野栽。
摇荡涟漪迎众客，舍将真爱映琴台。

咏兰花 五首

墨 兰

带露幽兰插玉瓶，三春花色倍亭亭。
红尘脱尽称王者，剑胆芳心恣性灵。

春 兰

风和日暖迓春光，娇色柔裙斗玉妆。
自有素心藏剑叶，幽香独抱梦悠扬。

蕙 兰

轻飘白练紫妆妍，缕缕清芬雅意绵。
散尽百花卿独在，芳华欲赋彩云笺。

剑 兰

馥郁清新满户庭，秋风桂月送香灵，
九霄仙客寻花醉，舒展贞心唤不醒。

寒 兰

兰心蕙质远纤尘,白紫青黄色最真。
唯有清香留正气,一丛一叶见精神。

咏莲花 十三首

(一)

出水芙蓉傲暑风,亭亭玉立绿荷中。
不妖不染真尊贵,君子之风格外浓。

(二)

翠盖临风十里香,娇茎傲立竞芬芳。
黄昏已近掀帷幕,尤见仙裳映夜光。

西湖荷池 二首

(一)

碧波荡漾绿盈塘,翠盖莲枝展靓妆。
开合卷舒凭本意,炎炎酷夏献芬芳。

（二）

水国熏风香气远，圆池翻绿耀霓裳。
玉姬对镜羞眉敛，化作芙蓉鸳梦长。

南普陀荷花

名寺熏风六月欢，玲珑菡萏绿波翻。
云瓶昨夜飞祥雨，艳朵亭亭傍玉盘。

并蒂莲

双双纯洁出淤泥，涤濯清涟无傲颜。
同柢同心真爱在，忠贞到老竞婵娟。

晨起观荷

露珠滚动叶如绣，枝动花摇见惠风。
香荡碧天人欲醉，怡然自得谧安中。

秋夜梦莲

锦云零落娟娟淡，幽梦欣歌绝品莲。
雨恣秋风残叶在，闻声不觉是谁怜？

秋莲图

红妆翠盖献新篇，明月清风映碧莲。
妙手名园高洁采，馨香频送竞芳妍。

睡　莲

朝开夜合水中仙，清韵凌波翠黛连。
片片芳心甘自守，柔情窈窕彩云边。

题碧莲荷花照

亭亭玉立拥腴红，惹得蜂飞逐晓风。
自信胭脂原倩秀，荷花映日瞰娇童。

咏老荷 二首

（一）

红颜褪尽托莲蓬，仅剩残枝藕节隆。
磨砺千般情似玉，再生碧叶啸高风。

（二）

红衰翠减自弯弓，犹抱莲蓬粲玉虹。
绮梦依稀何足惜，只求清逸乐微风。

水　仙

凌波仙女耐春寒，玉骨冰肌伴水欢。
绽放青瓷香气荡，芳魂逐笑戏骚坛。

凌霄花

柔苗依树亦扶摇，雨洗风敲傲九霄。
都把轻红香晓月，只求奉献美名标。

山茶花

烂红如火碧罗天，浓艳清香不斗妍。
尤爱凌风残雪破，迎来春燕共翩翩。

刺桐花

春擎火炬舞红巾，夏发新芽织翠茵。
秋月当空嘉树茂，冬枝挺拔朴中真。

杜　鹃

春绿关山雨意浓，诗情不尽露华重。
芳魂本是英雄魄，一任殷殷热血冲。

步韵碧莲《咏蔷薇》

花光耀眼迸馨香，叶叶枝枝自向阳。
蝶舞蜂歌时烂漫，画眉相伴羡潘郎。

附：碧莲等吟友《咏蔷薇》原玉

杨碧莲

蔷薇繁艳满园香，枝叶葳蕤映夕阳。
凤展仙姿西子貌，红绳牵定嫁潘郎。

林文聪

一丛浓艳散幽香，蜀锦湘罗舞丽阳。
若要寻芳休怕刺，问君可是探花郎。

礼庆贵

何处飘来一股香，凝烟含露映朝阳。
纯情谁比侬如火，只把真心献爱郎。

周大晨

偷出龙涎一滴香，千姿百态倚斜阳。
蔷薇抚剂憨憨笑，痛惜篱边扎手郎。

王智钧

刺梅斗艳沁幽香，绿叶青枝向太阳。
愧失仙人五彩笔，莫因才尽笑江郎。

咏 菊

金英紫绶正舒张，傲骨雄姿斗冷霜。
但羡天高妍旷野，不求风暖艳明堂。
情怀陶令添诗韵，襟抱南山饮酒香。
只与秋君追雁约，莫差蜂蝶短论长！

咏月季

一年常率素蕤珍,沐雨凌风月月新。
淡泊炎凉成劲骨,从容忧乐傲红尘。
悠闲吐意迎梅爽,秀雅含情斗菊神。
休道萦身披刺甲,长春瘦客最清真。

咏杜鹃

芳魂本是英雄魄,至爱原为正道情。
片片飞丹流绝艳,殷殷滴血寄忠贞。
身居瘠地饶欢趣,志在遐荒奉赤诚。
遍野满山红胜火,乘风勃发尽欣荣。

咏茶花

经风兼雨四时青,丽质天生播素馨。
餐雪妍来情楚楚,凌寒怒放貌娉娉。
红英碧叶盈花树,粉蝶黄蜂逐绣屏。
娇客报春多秀色,韶光灿烂焕轩庭。

临江仙·咏兰花

淡雅素装知皎洁,幽香遍及天涯。纤尘不染戒矜夸。清风摇碧叶,傲骨堪奇葩。　　千缕柔情牵幻梦,丹青难写风华。一身正气总无邪。兰心酬世路,蕙性映千家。

临江仙·咏桂花

老树沧桑涵翠色,饱经春夏秋冬。花开每伴异香浓。珠英玉粒,金碧映长空。　　仙种原由宫里返,青枝嫩叶葱葱。秋高气爽梦千重。东篱把酒,着意醉蟾宫。

一剪梅·咏梅

疏影横斜雪里藏。点点红花,郁郁清香。莫言寂寞傲冰霜,铁骨铮铮,器宇轩昂。　　雅致檀心爱素妆。一树风流,独演疏狂。春来百卉竞争妍,零落成泥,　天际寻芳。

临江仙·梅花图

飞雪连天寒冻萼，秀姿轻拂柔情。东风不动吐芳明。清香飘岸上，长久留温馨。　　疏影横斜湖里照，红尘静默无声。百花齐放落兰亭。瑶台驰雅气，品格独扬名。

太常引·咏竹

挺身傲立气轩昂，貌瘦品高彰。月影透幽香，赏风露、青萦绿长。　　斗霜顶雪，扎根出笋，三友共尧章。天籁颂悠扬，别忧喜、龙腾吉祥。

三字令·题竹

翘土出，笋成材，伴松梅。舒劲节，翠容开。叶低头，贞色在，逐春来。　　唯大爱，七贤裁，步瑶台。生静趣，远尘埃。凤箫聆，高洁品，赏新醅。

采桑子·贺茉莉花茶申遗成功

杯中起舞柔姿美。明亮清香,品味春天,一任芳名百载传。　　古来佳茗佳人喻。历尽沧桑,倾诉衷肠,文化闽都风采扬。

春风海峡

中山纪念堂

苍松翠柏映蓝天,永奉遗言努力先。
海峡同弹和协曲,欣推两岸早团圆。

故宫博物院

国宝珍奇耀古今,履惊涉险历难深。
北南两院离愁恨,何日团圆奏雅音?

游金厦海域

潮腾万顷接苍穹,宝岛空蒙隐雾中。
试问离宗流浪子,何时归棹乘东风?

"陈江会"有感

红日煌煌跃海天,中华儿女盼团圆。
协商互信膺韶祉,两岸繁荣促太平。

金门祭祖

离祖分香六百年，寻亲隔海总情牵。
波澜契阔三千里，此日蒸尝血脉连。

新竹恳亲

两岸一家血脉连，山河万里共婵娟。
谊联新竹宗贤爱，棣萼情深金石言。

同安寻根

飘零径口祖难寻，彭厝逢亲泪湿襟。
飞渡金门昆玉聚，闽台一脉血缘深。

两岸同庆

沧桑百载神州变，华夏同吟纪念篇。
骨肉团圆携紧手，和谐两岸靖烽烟。

海峡望月

一轮瑞彩闪金徽,似水清光漾桂菲。
海峡长牵游子梦,西楼月满几时归?

登方舟号游轮

碧波万顷荡方舟,点点银光激浪头。
金厦伴飞奇观灿,双赢两岸画中收。

海峡百姓论坛 二首

(一)

闽都坛启耆英聚,笑侃乡音雅意浓。
文化传承缘敬祖,民风振奋赖敦宗。

(二)

两岸同根血脉连,年年盛会共婵娟。
高雄欢聚添诗兴,彩蝶纷飞碧港天。

赞台湾彭姓总会

蓝天碧海赋鸿篇，敬祖敦亲著快鞭。
两岸情牵樽共举，梦圆华夏乐无边。

赞《家谱史话》

谱书史话世无俦，奋笔殷殷出远谋。
老骥诚然千里志，华章厚德誉神州。

台湾彭姓总会会长礼赞 九首

赞炳进顾问

仁山智水晓风香，祖德亲情彩笔扬。
玉润宗功昌两岸，尧天煦煦赋瑶章。

赞国全创会长

茫茫烟水天涯隔，展翅鲲鹏荡雅风。
联谊恳亲弘祖德，月圆两岸唱新功。

赞绍贤会长（二届）

协和迎春妙策通，敬宗尊祖树丰功。
拓源架构兴彭族，卓著声名万域崇。

赞钰明会长（三届）

族兴人和意深沉，满怀包容万众钦。
救树奇功传不息，大彭昌盛颂丹心。

赞德亮会长（四届）

扶轮狮会寄深情，餐旅征程尽彩旌。
崇德敬宗谋福祉，放歌两岸望升平。

赞泓玮会长（五届）

和康玮业展风华，新竹欢筵第一花。
泓水成河承福首，大彭飞跃乐无涯。

赞明基监事长

相约金门亲谊笃，同安颂祖倍情衷。
敦宗新竹闻芳语，欢唱和谐醉舞风。

赞新竹县荣芳会长

献身周社荐欣荣，狮会腾芳武道精。
展翅驿门梁柱顶，敦亲睦族拥霓旌。

赞新竹县素华会长

乐群敬业诵清名，桃李盈门素志诚。
馥馥芳华呈大器，擎旗旺族泛新声。

笔伐李登辉

丧权辱国豺狼心，媚日倭奴祸害侵。
狡黠佞言终恶报，千年炼狱恨难禁。

大马彭氏总会五周年庆

五年联谊百年情，旗帜高悬重担擎。
睦族敦亲彰正气，复兴追梦荐精诚。

雪直彭氏联宗会六十华诞

六十春秋世谊长，三千岁月竞轩昂。
大彭万象风光处，骏德笙歌酹寿觞。

昔加末彭氏联宗会六十华诞

悠悠甲子满芬芳,叶茂枝繁福禄长。
孕献世彭馨祖德,敦亲睦族永轩昂。

砂拉越彭氏公会三十五周年

聚情碗筷凝初心,义显楼堂古晋钦。
崇德思源辉族史,宗功悠远播徽音。

世彭组诗 四首

(一)

云钊创会建奇功,八曲笙歌喜圣躬。
崇德思源弘孝道,谊联万代报兴隆。

(二)

常披会讯锦聪念,睦族敦亲奕世声。
文汇五洲酬道义,书传四海铸深情。

(三)

炎黄共叙联宗谊，成串谦恭主政行。
勤俭理财君子德，创新体系溢真情。

(四)

山川万里风云会，伉俪同心桂妹情。
坦荡耕耘成伟业，飘香华族赞贤名。

追念情系两岸诸会长、宗长 八首

咏水井会长

荔城初会识君容，心醉大彭亲谊浓。
两岸寻根牵族脉，九州谒祖解疑踪。
长留勋业添嘉意，再绘宏图仰劲松。
道远任重公竟逝，凄然拜祭哭寒冬！

咏培胜会长（美国南加州彭氏宗亲会培胜会长）

加州远徙显神通，睦族联亲用苦功。
敬祖尊贤恒积善，助人为乐未辞终。
浩然正气兴彭族，广阔胸襟羡海翁。
博爱和谐多壮志，名垂彼岸万人崇。

咏元辉会长

平生练达更谦恭，复建原祠独负重。
大系联宗功载史，小心溯本德铭钟。
情牵海峡亲桥架，义动莆仙族众从。
风范常存骑鹤去，年年缅想忆音容？

咏海康宗长

徐州挥别清纯念，聚首揭阳任苦辛。
寻祖释疑持秉性，溯源解惑扑风尘。
最思蜀水开颜灿，更忆彭山快意醇。
相约宜春成渺梦，泣呼师表望星辰。

咏河泉宗长

终生抱朴隐书林，国学精耕乐道临。
两岸传芳春不老，爱嫒齐美续琴心。

咏高衡宗长

常怀祖德族源寻，鹤发奔波湿袖襟。
何惧沉疴终不倦，唯祈花映世彭林。

咏宜甦宗长 二首

（一）

宗师化鹤杜鹃红，相约萍乡梦意终。
遗志传承心寄远，音容常在仰高风。

（二）

潜心续谱证真情，历尽沧桑苦自萦。
热血一腔腾侠气，千秋功业颂清名。

咏彭灵宗长

壮志难酬感慨多，春秋卅九迅如梭。
奔忙六会真情在，奉献一心众意和。
身系武夷崇祖德，魂归天国恋神歌。
祭君且抹伤心泪，敬业彭家莫蹉跎。

彭延年公千年诞辰

派衍江南一脉亲，传承广惠与台闽。
万彭共奉开疆主，两岸同尊佑飨神。
自有仁心传永久，尤留家训读常新。
千年诞庆芳菲盛，群裔翩翩迓上宾。

汝砺公纪念堂落成庆典

滔滔气泽追鄱水,浩浩忠言渺长空。
才灿双元彰福地①,论宏十策铸孤忠②。
浮沉桑海诗灵秀,俯仰乾坤易义雄③。
万代箕裘弘祖德,馨香俎豆永兴隆。

【注】

① 彭汝砺,北宋治平二年(1065)乙巳科状元。又是省元,获得双第一。

② 彭汝砺直言进谏,对朝廷陈述正己、任人、守令、理财、养民、赈救、兴事、变法、青苗、盐事等十策,名闻天下。

③ 彭汝砺著有诗词《鄱阳集》十二卷(编入《四库全书》)、《易义》十卷、《诗义》二十卷等。

固始"根亲文化"

恳亲故里牵飞梦,游子萦情夕雨浓。
文笔回澜传古训,金波印月证迷踪。
闽王青史千秋壮,漳圣丹心万古宗。
文化缘根添锦绣,尧天舜日展新容。

贺《大彭史记》出版

《大彭史记》是族志著作一大创新，前所未见，影响深远。开富宗兄为弘扬祖德功勋卓著，令人万分钦佩！特赋诗致贺。

谁持史笔细雕龙，独遣豪情压众峰。
一卷云烟空吊影，几行翰墨满留踪。
蜀中万古青牛气，华夏千秋鹤寿宗。
慷慨高歌传祖德，苍山如海傲椿松。

彭飞八修《夏邑彭氏大族谱》

豫夏家声传世代，飞君卓越古难庚。
廿年编纂先人谱，八版刊行祖德铭。
宝典不忘昭伯爵，贤才辈出列簪缨。
千年礼乐衣冠秀，百世蒸尝俎豆馨。

虹山彭氏八修宗谱

八修家乘大功成，启后承先世德宏。
联谊敬宗明脉络，追源溯本固纯诚。
沟通海峡千秋笃，聚合情怀万古荣。
祖训昭彰常谨守，虹山兴旺粲簪缨。

咏马路祖厝

祥光祖宇五台妍,叠翠重峦锦绣联。
碧水随心新画卷,灵山载道富诗篇。
孙枝繁衍崇家训,世泽辉煌孕众贤。
瑞气飘香兰桂旺,兴隆万代竞婵娟。

《泉港头北人闽台同宗村》刊行

手足亲情两岸逢,同名原本乃同宗。
垦荒渡海英姿爽,派衍腾云紫气浓。
姓籍双冠同俗信,台闽五合共缘容①。
梦圆华夏辉明月,电掣风驰起卧龙。

【注】
① 陆炳文、彭桂芳对同名村定义为冠姓地名、冠籍地名和冠俗信地名。台闽五缘即地缘、血缘、文缘、商缘和法缘。

水调歌头·闽台彭姓论坛

　　紫气翔安绕,新店鼓声喧。乡亲佳节团聚,个个笑开颜。欣见彩旗招展,盛况史无前例。携手写诗篇,把酒衷肠诉,豪迈越关山。　　祥云飘,金蛇舞,欲凭栏。华山论剑,多少游子梦中牵。儿女继承传统,共仰祖先功绩,一拜敬先贤。但愿心相印,两岸共婵娟。

史海泛舟

颂海瑞

宦海浮沉及帅臣，清风两袖不嫌贫。
倡廉崇德朝纲振，赫赫英名奏诏钧。

咏杜甫

忧国咏怀凌绝顶，放歌愁怨爱黎元。
秋风茅屋真情颂，伏枕孤舟万世尊。

怀杜甫

浣花溪畔谒诗魂，泣鬼奇篇此发源。
落魄犹怀兼济志，千秋诗圣世人尊。

孔子颂

尼山泗水草萋萋，万世宗师与岱齐。
教化三千贤弟子，经传七二玉灵圭。
德侔天地昭时月，道贯古今冠华夷。
继往开来尊至圣，和谐淑景灿虹霓。

李清照 二首

(一)

水光山色回舟早,物是人非泪欲流。
别树一家芳百世,今朝赢得史千秋。

(二)

柔肠诉尽伊人意,血泪偏甘洒九州。
人杰鬼雄千古叹,男儿哪个不蒙羞?

辛亥革命赞

共和升平振中华,民权新政绽春花。
河山统一同胞乐,先烈功勋焕彩霞。

郑和颂

舟师帆启太平港,斩浪驰波廿八年。
三宝扬威宣德化,七航报国奉鸿篇。
江山巨变崇开放,显应精神效众贤。
喜看新程征胜策,繁荣西岸敢随肩。

陶靖节祠

行怀得意少年时，吏职难堪快解辞。
寒馁糟糠聊自足，浑然散缓乐修持。
兴晨带月寻真趣，临水望云逐苦悲。
松菊为朋腰不折，归园亮节耀名祠。

赞陈洪进

统军留后策奇功，纳土诚归耿耿忠。
一统金瓯明大略，五侯海宇耀无穷。
轻徭薄赋清源富，筑埭修陂梓里雄。
世泽家声遗韵远，绵瓞燕翼古今崇。

杜甫颂

独立苍茫望陇右，悲情潮涌两京行。
秦州烟水寄衷曲，蜀道云山叹断肠。
济世爱民诗圣骨，洗忧怀古草堂光。
亦诗亦史千秋唱，吟海巡舟天地长。

蔡襄颂

跨海长桥雄古镇,功垂青史自芬芳。
吸泉濡笔抒名帖,舞凤飞龙落墨香。
茶录两篇灵性铸,荔枝一谱馥香长。
为官刚直黎民爱,忠惠贤良正气扬。

赞辛弃疾

跃马横戈擒虏寇,十论九议壮声驰[①]。
闲居慷慨忧天裂,艺赋铿锵愤国危。
华发苍颜缨再请,秋霄皓月恨尤悲。
扫空万古经伦手,虎啸龙腾擎大旗。

【注】
① 《美芹十论》《九议》乃辛弃疾上书朝廷的救国主张。

林则徐颂

经文纬武仰腾骞,智博德崇天地间。
苟利国家生死忘,洞观世界古今先。
爱民勤政书勋泽,御寇焚烟铸巨篇。
拜祭忠魂飞捷报,河山净丽颂新天。

颂林披公

恩承赐氏衍家声,德泽明经运业盛。
文武有功卷善气,论评无鬼救苍生[①]。
政欣州郡千家乐,儒化莆仙九牧[②]荣。
奕叶簪缨推望族,万年诗礼福盈盈。

【注】

① 林披任临汀别驾知州事,针对陋习著《无鬼论》以晓喻民众。

② 林披生九子,唐贞元间先后登第,均任刺史,世称"九牧林家"。

纪念梁章钜

能臣亮节铸贤名,德业维民万里行。
赤胆抗英存浩气,雄心禁毒保苍生。
功勋显世留青史,著述齐身耀汗青。
玉宇澄清承典范,诗联华夏颂升平!

赞施世纶

第一清官百代崇,执经勤事挺门风。
泰州惠政情何限,漕运咸灾路几穷。
清白自持躬职守,公正素著把重弓。
乾坤朗朗及时雨,千古昂扬济世功。

赞吴英将军

勋崇山海奋征尘，一统金瓯敌万人。
禁暴诘奸施惠政，屯田举善恤黎民。
威行海外英名耀，恩被乡关祖训循。
常盼将军祠尚在，闽台仰望祭尊神。

【注】
吴英随施琅收复台湾屡立战功，康熙四十二年（1703年）赐授"作万人敌"匾额予以表彰。

纪念辛亥革命一百周年

犹闻当年鼓角声，天坛宪草瑞图迎。
共和立国群情乐，民主兴邦众志诚。
经济腾飞扬四海，工商跃进赋千行。
更欣两岸团圆日，华夏升平遍彩旌。

孙中山颂

凭君长啸匡天下，五族共和谁敢先？
博爱无穷归兆庶，雄心一片担双肩。
三民理想鸿章赋，四海侨胞血谊牵。
侠骨千秋青史照，神州代代有英贤。

颂彭家珍大将军

丸弹除酋惊帝阙，舍生赴义著军魂。
金堂每有擒龙将，碧血甘流溅国门。
磊落英才赢象局，唏嘘太息恸晨昏。
天怀公德长隆祀，青史留名励后昆。

纪念林森

青芝灵塔历风霜，百洞山人骨尚香。
计策九江鸿业峻，议参两院激情扬。
锄奸抗战披肝胆，悬玉谈禅寄柔肠。
莫道虚君成摆设，中华史册载荣光。

林慎思赞

宏词拔萃耀吾闽，兰桂同芳壮志伸。
治邑有声民颂惠，尽忠不屈史弥珍。
伸蒙三卷倡仁义，续孟诸篇拂道尘。
苍海茫茫存盛誉，高风千载倍清新。

妈祖颂

鯑山螺港结新缘，千载神灵圣迹玄。
商旅平安崇懿德，闽台和解奉真铨。
九州顺济群生福，两峡讴歌众彦贤。
共仰母仪敷厚泽，河清海晏艳阳天。

三平祖师颂

灵山继钵溯清源，结寺三平植善根。
百丈波中蛇虎伏，九层岩上鼓钟喧。
传经飞锡弘般若，卧石悬壶济筚门。
广渡慈航连陆海，千秋香火报殊恩。

清水祖师颂

书香世代本高骞，慈爱居岩不计年。
悬壶济众功浩浩，修桥铺路福绵绵。
英灵永在甘霖盛，昭应常临善利玄。
清水佑民连两岸，篆烟袅袅祖师缘。

清官颂

崇廉尚德珍名节,自律防贪慎洁身。
细雨和风施大爱,忠肝义胆蕴深仁。
常磨利剑侪无畏,永效龙图我有神。
社会和谐新局绘,丹心勤政万民亲。

斥贪官

邪道歪门混职场,溜须拍马贿官忙。
徇私枉法膏脂吸,喝海吞山淫乐狂。
公理似矛惩腐恶,民心如镜照端详。
恢恢天网疏难漏,祸起萧墙蚁命亡。

金粟寺高僧赞 十七首

康僧会法师

舍利祥云金粟耀,茶亭济渴妙灵尊。
觉光常照彰真像①,阐化神通佛永存。

【注】
① 明姚桐寿《乐郊私语》记述康法师身像眉间放光,常照不断。常若如新。

密云圆悟禅师

斫石披榛创宝坊，中兴临济历沧桑。
蓉城法相风模壮，黄檗精蓝广慧纲。

费隐通容禅师

重开慧日报师尊，誓度苍生立佛门。
继体如林涵大德，广承法化颂宏恩。

隐元隆琦禅师

三代同声黄檗盛，东瀛万福宿缘亲。
大光普照端金相，弘法英名继鉴真。

三峰法藏禅师

灵谷宗承在鹫峰，古心禅理乐相通。
天童衣拂英年受，法遍江南响暮钟。

五峰如学禅师

五峰学举始分堂，派叙源流法脉扬。
彻悟真狮哮接吼，宗幡永树德缘香。

破山海明禅师

维堂主事膺方丈，开法西南效释迦。
偈颂如诗书善草，竿头丝线拂禅歌。

木陈道忞禅师

亲炙恩师十四秋，法名敕赐志尤酬。
禅通诗艺唯宏觉，敬佛丰碑润九州。

石车通乘禅师

臂香立誓透玄关，七载承师却宇寰。
常寂湛然颂厥绪，临躬真体笑谈间。

浮石通贤禅师

生交奇禀启灵根，关掩声昭出武原。
开法青莲馨九寺，径山香火报师恩。

百痴元禅师

增辉佛日振禅风，报德酬恩合目中。
八咏雅名虹瑞锡，梵宫习定永钦崇。

孤云鉴禅师

孤云闲鹤上头关,亲口亲言法雨颁。
无我无人参色相,明心见性注芳颜。

石奇通云禅师

虞山刺血万年经,名刹承贤法化灵。
裕后光前宗叶茂,道标理义荐芳馨。

朝宗通忍禅师

灵悟初成气若虹,屡迁名刹播宗风。
百年还貌铭顾伟,贤统巍巍夙有功。

万如通微禅师

楞严经里开初悟,堪笑华亭偈意香。
云汉孤峰除理事,争妍花发总寻常。

林野通奇禅师

息虑封情执法源,性交禅寂举宗言。
凌霄一气千灵象,承统栖贤驾道轩。

牧云通门禅师

承礼熏风济古南，万松关觉满晴岚。
天童弘法酬缁素，月挂梅梢卧鹤庵。

冰如公赞

巍峻炉峰，苍松高耸。
远眺闽江，辉映如公。
居官卅年，宦绩雄宏。
中正和平，体用兼通。
鼎助禁烟，爱国尽忠。
劝农济困，仁政德崇。
兴利除弊，恤民慎终。
历艰救险，循声望隆。
诚信齐家，满门俊荣。
龙山世泽，永谱新功。

【注】

刘齐衔（1815—1877年），字本锐，号冰如，道光辛丑年进士，诰授光禄大夫赏戴花翎，河南布政使，署理河南巡抚兼提督军（1841年），乃林则徐次女婿，葬福州森林公园。

风入松·炎帝颂

　　农耕首创奠文明,圣火咏丰铭。遍尝百草倡医药,佑民生、无限柔情。八大功勋翘楚,馨香万古高擎。　　洣歌松韵福林生,仪范荐精诚。神州龙舞弦琴乐,苍梧脉、同献瑶觥。华夏康强腾起,呼号圣德群英。

水调歌头·赞张骞

　　挺立红梅骨,奇志撼苍天。两番长驻使节,冬夏畏途悬。面面玲珑通感,却受般般磨难,驰骋驾云烟。良马拓天路,一任赋长篇。　　丝绸路,驼铃响,越千年。问君何去,青史常忆凿空仙。紫气玉门祥瑞,万里亚欧谐顺,百姓乐无边。开拓感天下,勋业耀峰巅。

八声甘州·闽王颂

　　为辟疆万里率师来,丝路久传芳。维安民保境,重农劝学,一代闽王。开创昭昭功业,节度在兴邦。青史莲峰著,无限风光。　　记取千年佳话,任鸿图舒展,大爱深长。海滨腾邹鲁,惠泽更轩昂。喜而今、文明荣耀,愿八闽、圣德永遐昌。华灯灿、强龙圆梦,世代瞻望。

满江红·咏成吉思汗

万里横空，挥长槊、旋风铁骑。汗旗卷、南征北战，射雕如戏。莽漠雄威开胜境，沃原铁甲倾奇智。夸英雄、欧亚抒豪情，惊天地！　　创文字，教化至。颁大典，民权遂。分封新政立，古今堪比？治国任能昭圣德，开天辟地书鸿志。乾坤大、百代颂英名，天骄帅。

八声甘州·纪念林则徐诞辰二百三十周年

有丰碑矗立耀人寰，颂歌彩云笺。问精英华夏，脊梁民族，几度情牵？唯国兴亡为任，俯仰自高骞。谁似林公在，缉毒擎拳。记取有容乃大，欲无刚自强，豪气冲天。　　竞开来继往，重担愿齐肩。约他年、余患消尽，愿群贤、壮志自争妍。齐挥臂，九州圆梦，共舞翩跹。

唐多令·端阳节凭吊屈原

千载此情长，棹歌响万江。醅滔滔，蒲酒飘香。凭吊汨罗呼屈子，忠魂鉴，阅兴亡！　　华夏正辉煌，楚风耀上苍。鼓乐欢、诗播芬芳。文化兴邦今踊跃，启雄气，气轩昂！

满江红·赞"天下第一清官"施世纶

断案如神，多惠政，一生清白。修慧业，静心呈秀，勤劳素著。壮丽河山遍足迹，卅年宦海春风集。泽常留，百姓共捐文，丰碑立。　　除恶习，君尽职；治顽疾，倾殚力。一身扬正气，永存功绩。壮志黜贪灾害济，笑谈挟小诬良策。历千秋，万代颂青天，常追忆。

高阳台·怀杜甫

华夏千秋，骚人不尽，浣花溪畔传君。漂泊天涯，茅庐无怨栖身。心中常悯贫民苦，叹八哀，三别忧焚。仰云山、愤慨艰危，报国无门。

仁心壮胆悲歌赋，撼山河千里，泣血传神。巴蜀湖湘，凌寒老病耕耘。百年寂寞谁人晓，韵茫茫、万世长存。卷狂澜、高耸丰碑，史耀诗魂。

朝中措·纪念李清照

深闺寂寞静幽幽，亡国恨心头。血泪声声惊梦，柔肠欲诉何求。　　轻舟芳草，人非物是，绝唱神州！人杰鬼雄名句，豪情写尽春秋。

满江红·甲午海战百廿周年祭

东海惊雷，国耻恨，时空穿越。百廿载，忠魂洒泪，犹留芳烈。致远凛然酬社稷，官兵正义书高节。抛头颅，热血挽乾坤，歌豪杰。　　苍龙缚，黎庶悦。中华盛，真如铁。虎狼何所惧，敌凶当灭。惩恶降妖豪气展，巡航保岛深仇雪。振军威，风雨总兼程，妖魔伐！

满江红·辛亥百年颂

霹雳惊天。风雷激，武昌帜展。英气涌，帝坛坍塌，共和义显。天下为公弘大道，知行救国堪经典。真博爱，沥血护民权，狂飙卷。　　时空越，遗训勉。光社稷，箴言践。彩虹连两岸，并肩图变。百载已圆先烈梦，九州又驾航天辇。放眼望，龙舞欲抬头，腾飞盼。

满江红·纪念抗日战争胜利七十周年

血雨腥风，硝烟袭、江山半壁。家国恨、悲歌长啸，同仇击楫。浴血八年鏖战烈，狂飙万里雷霆急。悲倭寇、遗臭到如今，徒凄泣。　　天地转，妖氛息。雄狮起，春潮碧。笑幽灵作祟，枉飞鸣镝。砥柱巍巍狂浪镇，征旗猎猎凶强敌。再高歌、圆梦大神州，苍穹立。

高阳台·赞红军长征八十周年

　　惊世宣言，沿途播种，红军万里长征。历尽艰难，雪山草地求生。飞奔卢定神兵降，气如虹，永载英名。定乾坤、遵义东风，迎接光明。　　丰功伟绩标青史，看精神永在，世代传承。华夏英雄，情牵展翅鲲鹏。九天揽月书豪迈。握红缨，千里纵横。踏歌声，快马加鞭，日夜兼程。

百家姓礼赞

陈姓礼赞

颍川世泽耀长空，太丘家声义德崇。
望重三君豪气旺，昌期百世俊才同。
八闽鼎盛千秋月，三恪馨香万代风。
虎踞龙盘瞻北斗，瓜绵椒衍桂冠雄。

林姓礼赞

恩承赐氏衍家声，德泽明经运业盛。
草舍百篇清气集，虎门一炬国威鸣。
源流百世瓜瓞旺，闽越千山俎豆荣。
奕叶簪缨推望族，万年诗礼愈峥嵘。

黄姓礼赞

晋豫开源大发祥，忠贞永笃继书香。
颍川垂德源流远，江夏遗芳世泽长。
道学倡闽延福祚，衣冠留韵荐穹苍。
千秋俎豆馨香在，无处神州不炽昌。

张姓礼赞

脉接青阳世泽芬,清河巨族国中军。
千钧弓力鸿门劲,百忍高风宦史云。
祖德宗功承昔哲,大儒硕彦颂奇勋。
化孙衍播垂今古,金鉴腾芳四海闻。

吴姓礼赞

至德高风万古香,延陵丕振世家芳。
鹰扬虎视春秋述,剑气寒光壮烈扬。
如涌如潮推巨族,似枝似干续鸿章。
英才沐浴勤争秀,祖业恢弘百代昌。

李姓礼赞

皇唐贵胄皋陶脉,道德流芳宝典传。
根发陇西誉史镜,功兴华夏耀勋贤。
闽源四祖丰碑立,南衍五山嘉绩妍。
唯理是从香世泽,簪缨万代任腾骞。

王姓礼赞

晋公受姓荐馨香，启宇闽藩世德扬。
槐树三株昭祖业，兰亭一集映宗光。
太原永茂千年盛，衍派长流四海芳。
韵事家声垂典范，后贤竞秀倍轩昂。

郑姓礼赞

桓公立国荥阳出，经学儒风两汉同。
官显半朝华族旺，居同九世礼门隆。
复台猛将顺天意，考证名家蒙圣聪。
薪火传承荔城会，和谐鼎盛共钦崇。

刘姓礼赞

帝尧脉远受封刘，两汉怀民拓九州。
藜阁经纶开骏业，安源修养定雄谋。
先贤赫赫家风好，后哲拳拳祖德优。
追本思源昂望族，舒怀展志赛诸侯。

杨姓礼赞

系承尚父焕新声，望出弘农世泽荣。
克己廉风昭汉代，贞心劲节慑辽兵。
衣冠灿灿英才起，瓜瓞绵绵伟业盛。
继往开来传懿范，承前启后尽衷情。

蔡姓礼赞

仲公世泽济阳妍，经重孝隆续向前。
琴鼓郎台常勉力，桥留松荫更扬鞭。
滇南剑拔臻人圣，学苑名高集众贤。
先祖宏恩荣望族，后昆笃志啸长天。

叶姓礼赞

受封叶邑启南阳，闽粤家祥庆衍长。
介节如山垂典范，清平似水广流芳。
书成海录云官赋，文显心宗法善偿。
德业煌煌荣后嗣，钟灵毓秀永蕃昌。

许姓礼赞

系承炎帝姜苗裔,源出许昌文叔公。
节义家声忠孝济,高阳血胤汝南隆。
评推月旦歌贤德,字解文宗识古风。
盛世族兴多俊彦,扬芬华夏奏新功。

谢姓礼赞

申伯系承源洛邑,扬威淝水气如虹。
东山逸趣陈留乐,春草奇句宝树功。
节孝双全光世泽,义忠两尽耀家风。
欣逢盛世宏图展,翘首神州凤彩隆。

苏姓礼赞

苏城得姓始昆吾,名显先秦汉节殊。
三杰留芳标国史,五教诵信冠中都。
入闽多绪高庭赫,观象新仪祖德俱。
代代英豪今胜昔,家声永振共欢娱。

曾姓礼赞

溯源鄫国武城承，三省吾身礼义兴。
撰史南丰文胆聚，迎亲西府孝名膺。
克勤克俭瞻千世，知耻知荣灿万灯。
祖训传家昭日月，宗风高仰任飞腾。

周姓礼赞

岐阳启姓映霞笺，继往开来仰后贤。
展凤腾蛟昭日月，敦亲睦族撼山川。
功高武伟亚夫柳，泽普文经茂叔莲。
效国兴家铭祖德，螽斯蛰蛰绘新篇。

洪姓礼赞

共勋赤胆建殊功，赐姓成洪衍裔隆。
书列三奇蕃望族，才称四子竞腾虹。
瑞涵连理衙堂美，图写慈恩奕世崇。
敦智敦仁宏孝义，滔滔祖泽古今雄。

郭姓礼赞

虢国家声百代芳，汾阳世泽遗徽长。
一人纲目山河宰，千古金台俊秀彰。
俎豆绵延昭日月，英贤荟萃荐馨香。
敬宗法祖于今烈，社稷中兴美梦翔。

朱姓礼赞

江山一统惠民生，仪武姿文耀氏名。
鹿洞垂规书典范，鹅湖修学启儒声。
桐乡今古称贤宰，槐里春秋著直卿。
勤读家风寻万卷，旌忠祖德瑞常盈。

罗姓礼赞

宜城分脉豫章传，百世簪缨孝义先。
江左琳琅辞藻秀，延平儒士学名贤。
清推忠节存天理，明著文庄诵粲篇。
将帅勋高倾国颂，宗功祖德竞蝉娟。

赖姓礼赞

源由叔颖国君贤,望出颍川一脉连。
业绍秘书扬正气,名标御史济鸿篇。
流芳祖德昌千代,蔚起人文著万年。
孝悌忠良隆发远,衣冠奕世灿中天。

何姓礼赞

韩何一脉美名传,望出庐江胄裔贤。
水部梅青常骋目,中丞山峻纵扬鞭。
家涵三桂骈阛路,学贯六经碧霞笺。
胜迹如云昭宇内,宗功鼎盛万千年。

丘(邱)姓礼赞

兴邦重任穆传芳,加邑成邱渭水长。
希范文闻辉亮节,昭陵像立映高堂。
联吟郎署宗风远,笃学琼山俎豆香。
凤舞龙翔欣鼎赫,千秋祖德保遐昌。

徐姓礼赞

派分东海望南州,始祖英贤厚积酬。
骐骥石麟呈瑞气,家龙云凤起平畴。
九霄鹏达征勋定,七绘廉明造化优。
纯孝格天花得色,宗功世泽衍春秋。

庄姓礼赞

春秋霸业溯源长,道法天然日月光。
东越歌吟凭胆识,南华经著答穹苍。
桃源御墨传珍品,潮府佳诗誉锦堂。
祖德宗功堪继世,衣冠整整灿华章。

江姓礼赞

伯益源流万福臻,家声世泽浩无垠。
五花妙笔文恩厚,六桂联芳祖脉新。
古颂梅妃传美韵,今施仁政惠吾民。
济阳风雅名门旺,俎豆千秋自有神。

沈姓礼赞

汉周两系并芳芬，三善家声四韵闻。
叔度同流咸俯仰，永明创体尚耕耘。
台文初祖光辉映，亿载金城骨肉欣。
胄裔绵绵功业振，馨香兰桂颂宗勋。

余姓礼赞

霞蔚新安祖德彰，祥溶东海正茫茫。
灵鼍负阁昭遗泽，谏草流香壮阙堂。
道就单车弘节义，学尊孟子耀文昌。
衣冠济美家声盛，俎豆千秋奕叶长。

萧姓礼赞

兰陵世泽沐馨香，三杰元勋定汉堂。
八叶相公征济美，两朝天子会明昌。
选文心瘁宗功畅，辅政名高祖德彰。
景福祥云笼画栋，嗣孙维志灿琳琅。

廖姓礼赞

轩辕一脉发源长,两地同根乐永昌。
万石家声蒸日月,三州世泽耀华堂。
南宫节义千秋在,德庆英豪万里扬。
祖训诒谋垂裕久,瓜绵椒衍永传芳。

胡姓礼赞

发祥安定气如虹,罕世人间有此雄。
理学宗功涵底蕴,春秋心典仰天聪。
寿齐九老家风著,名列四真节义充。
今喜辉煌重鼎盛,多姿多彩耀苍穹。

卢姓礼赞

傒公传脉范阳隆,学乃儒宗世德崇。
四杰清芬扬奕叶,十才秀迹济文风。
宝灯古宅精华耀,啼岭襟香本性聪。
祖泽攸芳瓜瓞继,流长源远竞腾虹。

方姓礼赞

河南世泽耀无双，六桂联芳拥绣幢。
正学孤忠英魄骋，巨山名翰妙珠降。
富文标榜怀宗裔，元老壮犹瑞此邦。
叶茂枝荣铭史册，衣冠济济尽淳庞。

魏姓礼赞

系承毕万氏名红，王候如云巨鹿隆。
图象表勋荣祖德，书屏志画遗宗风。
和戎著绩千秋业，救赵全仁百世功。
后裔延绵流脉远，辉煌日月共争雄。

潘姓礼赞

荥阳食采奠千秋，兰桂腾芳励后尤。
满县栽花扶俊杰，置田给族促宏猷。
功推武惠成鸿业，绩著司空举旄头。
百世其昌昭燕翼，箕裘继美竞神游。

高姓礼赞

彰功赐姓焕金光，渤海勋名震四方。
一派七封垂典范，三朝九相荟华堂。
射雕蓟马昭忠勇，变钓渐鸿羡博望。
凤岗家声今古仰，浩然正气瑞云翔。

柯姓礼赞

济阳蕃衍旺南迁，瑞鹊堂诗永世传。
石篆雄文昂造化，奎章精识护山川。
榜登五老均勤学，仪表千贤更著鞭。
两岸同根林口望，绵绵瓜瓞粲珠联。

戴姓礼赞

施仁得姓赋新篇，谯郡家声独步贤。
业擅礼经忠义路，席传易学福宁边。
逸情霞举馨庄旨，峻节山高著史编。
抗敌远征安社稷，宗功祖德共婵娟。

范姓礼赞

帝尧系衍邑名崇，望出高平后乐风。
万笏家声成世禄，鸿门良策仰宸聪。
心存忠恕贤能至，阁藏兰芸瑞气充。
实业振兴功社稷，根深叶茂永丰隆。

邓姓礼赞

南阳望族遍芳踪，首列云台伴衮龙。
谏院知名昭磊落，郎中下士乐相从。
文行图志宗功仰，致远捐身世泽浓。
椒衍瓜绵随进化，芝兰玉树焕高峰。

傅姓礼赞

版筑兴商万古传，清河世泽福齐全。
尊儒尚学闻声敬，崇位抨奢载物贤。
三德兼优澄异采，二城称圣仰余妍。
泱泱望族灵云逐，鹰搏鲸飞舞翩跹。

施姓礼赞

桓公立国传施姓，洙泗硕贤教化崇。
黉舍执经闻博雅，表坊尊道具仙风。
钱江浔海家声旺，琅帅纶公德泽隆。
台港南洋多俊秀，信诚忠勇万宗雄。

吕姓礼赞

血缘四岳显荣徽，尚父家声泛素晖。
渭水耆英宏愿远，岳阳仙客古碑巍。
立朝正色安危系，夹袋储贤薄厚依。
鹤舞鸾翔钟秀气，河东世胄彩云归。

翁姓礼赞

脉溯周源世泽慈，原城播誉趁芳时。
千翁预宴承松寿，六桂联芳昭睿思。
笔架山传梁谷学，梓洲村咏马蹄诗。
衣冠济济敷功德，业绩煌煌福永随。

颜姓礼赞

复圣渊源陋巷尊，四科独冠仰鸿恩。
心声忠节标兄弟，家训贤能示子孙。
王会成图昭世运，清臣风范蔚朝门。
开台拓垦先锋勇，道蕴书香孕状元。

钟姓礼赞

颍川望族惠名扬，家世簪缨奉茂昌。
一代人师期远大，千秋士表永留芳。
飞鸿舞鹤英徽羡，流水高山奕韵香。
奋武揆文腾蔚起，欣瞻瓜瓞万年长。

游姓礼赞

广平遗范绍家风，立雪流芳胄裔雄。
独步六朝任叱咤，并膺三辟备钦崇。
仁和有礼沧桑润，美秀而文锦绣融。
霞蔚祖祠忠孝耀，宗功悠远遹丕隆。

梁姓礼赞

源流沂渭夏阳泉，安定风光锦绣延。
庐结石门书有礼，眉齐鸿案乐无边。
三清居士昭华鼎，七序名言胜著鞭。
老踞龙头蕃俊秀，满江响鼓傲千年。

孙姓礼赞

受封得姓乐安堂，派衍江东立国强。
威振齐邦夸伯乐，名高吴境法无常。
读书雪夜希贤录，作赋天台对圣昂。
创建共和功不朽，慎终追远万年香。

彭姓礼赞

寿星八百永流芳，派衍千秋礼乐昌。
博古经明绵福泽，养生惠世正乾纲。
疏陈十策兴宏业，名列三奇焕吉光。
崇德思源门第秀，龙飞凤舞启焜煌。

詹姓礼赞

封侯受姓耀坤珍，渤诲笙歌雅韵新。
阁直龙图千代泽，廷陈龟鉴万方臻。
高踪不仕存风节，博学无冠有洁身。
瓜瓞绵绵延族脉，宗功祖德最尊亲。

汤姓礼赞

中山世泽惠民贤，信国家声赋彩联。
庙祀清名遵礼乐，夏冰孝感暖心田。
临川戏曲铭秋气，武进诗书颂永年。
忠勇参天闽最盛，宗功祖德晓云鲜。

邹姓礼赞

五经讽谏氏名扬，文靖家声碣石堂。
黍谷回春谈道衍，梁园昭雪变轩昂。
邹屠迁善中和显，马卒钟灵革命倡。
先德垂仪瞻北斗，绵延俎豆永流芳。

赵姓礼赞

系承造父凤凰宫，派衍天潢贵胄雄。
陛锡铜符威有典，门迎珠履客如风。
图麟世泽恒清正，琴鹤家声永祚崇。
俎豆馨香铭德范，敲金戛玉古今同。

连姓礼赞

氏源周鲁兆祺祥，上党精英衍庆香。
孝踵丁兰恩爱笃，勋嘉葵戍霁威光。
羽衣得道荣时誉，丽赋闻名焕典章。
题壁日春瞻望久，双贤世泽远悠扬。

阮姓礼赞

泾渭陈留世泽长，七贤八达美名扬。
才称逸骥神锋远，志匹冥鸿礼让香。
忠惠良臣施善政，广宏明集焕文章。
宗功浩荡螽斯壮，祖德流芳锦绣张。

康姓礼赞

诰命家声京兆颂，高楣共仰华山堂。
少卿六畏言谋事，孝女三贤赋瑞芳。
驰射受封扶社稷，明经登第正乾纲。
先宗懿德辉青史，椒衍瓜绵赫赫光。

蒋姓礼赞

山亭世泽九侯传，三径家声玉渚妍。
留祀钟山欣隐逸，宴宾竹径载高贤。
四封花色常联袂，两意归心竞比肩。
乐道顺天躬复礼，渊渊浩浩共蝉娟。

姚姓礼赞

文明世泽望南安，元德长绵卷碧澜。
派衍桐城盈绛殿，爵封梁国绕嘉坛。
弘文学士书忠史，庐墓家传透孝纨。
崇祖圣仁天与报，百年紫气创新观。

温姓礼赞

西昆遥溯晋忠臣，劲节丹心福运臻。
明澈犀燃酬国盛，雅闻鹏举补时真。
才谐三子华章耀，诗美八叉雅韵新。
毓秀钟灵兴望族，光前裕后俱精神。

卓姓礼赞

望出西河王裔族，南阳繁盛德尤崇。
文君富贵沽村酒，廷瑞鸿论积苦功。
兴化肇基先圣雅，晚春倡义夏堂隆。
睦娴搏节留佳话，孝友传家涌俊雄。

马姓礼赞

功标铜柱启扶风，绛帐家声永祚崇。
鸾凤冲霄夸伟杰，云台列象慕精忠。
白眉继烈贞心远，大寂传禅慧业隆。
承祖鸿图绵世泽，贻谋燕翼耀长空。

严姓礼赞

楚庄系衍富春隆,迹著成都郑国公。
剡曲钓台绵世泽,会稽贤守显宗功。
三休居士昭清节,万石严娘焕彩丛。
天演启蒙西学起,雍容积庆振家风。

冯姓礼赞

始平脉系毕公高,四德三同市义豪。
树立家声山叠翠,大张国政海翻涛。
治民以惠弘恩泽,启业为谋著锦袍。
俎豆千秋遗韵远,衣冠百代拥旌旄。

曹姓礼赞

平阳世泽重民宁,清靖无为试与聆。
自庆接鸾言祖道,人称绣虎奉宗灵。
将台门第功勋著,籍列仙班妙理馨。
华夏史添光彩页,贤能济济焕珠庭。

杜姓礼赞

南阳世泽著鸿篇，像绘凌烟善断贤。
思笃经成明简旨，书成通典发真诠。
民歌慈母温淳颂，世号诗王雅厚传。
钟鼎旗裳绵旧绪，荣华富贵接遥天。

唐姓礼赞

帝尧起绪早封唐，立国依名衍姓香。
宋室直臣瞻质肃，荆川高士唤忠良。
仙霞奉祀丹心秀，诗画驰神雅韵芳。
世赞书传千代颂，人兴财旺万年昌。

龚姓礼赞

武陵世第盛功成，渤海清风万里程。
行谊纯修昂理学，抚循异迹满瑶城。
画兰侍史无拘法，绝粒遗民固守诚。
祖泽常新期燕翼，家声勿替更欣荣。

章姓礼赞

姜公支裔豫章荣,万派寻根系浦城。
节凛秋霜金石器,诗成归燕孝行旌。
全城功德标青史,太傅家声粲俊英。
源远流长延骏业,承前启后灿簪缨。

纪姓礼赞

平阳世泽谱鸿篇,笃信家声励后贤。
代主舍身雄胆识,著书投笔壮山川。
技推贯虱宗亲拥,料养全鸡江汉牵。
忠孝传芳敦睦好,瓜绵椒衍乐尧天。

董姓礼赞

陇西世泽下帷堂,良史家声万代昌。
廉吏箕裘齐克绍,大儒风范焕轩昂。
织缣偿债周仁志,种杏成林锦绣肠。
念祖贻孙忠恕济,烁今震古耀穹苍。

汪姓礼赞

龙骧世泽永承恩,越国家声六桂蕃。
卫鲁执戈千载唱,筵宾酝酒百篇存。
名魁金榜甘霖济,宏著浮溪学问尊。
聚德文门长享誉,绵绵瓜瓞浩无垠。

陆姓礼赞

望追吴郡陆乡源,怀橘家风荷祖恩。
一圣三贤夸劲草,六王五相拥旗幡。
剑南万卷宽诗韵,云间二龙焕道蕴。
继往开来延福庆,德承泽衍耀乾坤。

宋姓礼赞

炎黄一脉远流芳,京兆家声玉德昌。
九辩辞工风雨骤,八条制列法源彰。
明廷圭璧忠名集,文苑英华韵味香。
二妙十贤徽誉在,人龙士凤郁苍苍。

俞姓礼赞

系溯俞跗百载传，江陵源远泽禾先。
林泉放意瞻心地，山水知音述性天。
云谷藏书儒士读，渔家寄傲瘦诗研。
长延德泽开新业，跃马前程快著鞭。

程姓礼赞

重黎聪哲族徽扬，休父疏支柞胤长。
倾盖论交丰博学，存孤全义发辉光。
衡阳主簿兹修远，河洛渊源济美常。
玉色金声夸毓秀，千秋俎豆耀荧煌。

薛姓礼赞

河东世泽起人文，三凤高翔四海闻。
竹邑名公仁政善，鼎铛重望惠民勤。
一笺传韵标灵秀，三箭冲关纵巨勋。
大义首创基业远，兰馨桂馥吐奇芬。

涂姓礼赞

裔源禹域永流芳,姓肇涂山望豫章。
奕叶奇才雄血脉,翰林妙品著春光。
八闽同茂宗功盛,五桂并昭世泽昂。
俎豆馨香多毓秀,枝荣本固久弥昌。

尤氏礼赞

闽史功高思礼心,南安显善彩云深。
吴兴郡望扬旌旆,树德堂号谱捷音。
叔保书风春艺在,梁溪诗韵雅香歆。
敦亲睦族唯尊祖,追远慎终胜万金。

童姓礼赞

雁门派旺胜洪钟,仲玉家风百姓恭。
善政廉平行致用,隐居淳朴乐相从。
民生碑立润身畅,尚学经通戴物重。
浩浩文澜弥祖德,巍巍秀气艳争浓。

熊姓礼赞

江陵望族吐芳芬,制诰衣冠四海闻。
史擅九朝真博士,义疏三礼著奇勋。
唐旌孝子依高节,宋仰名臣聚友群。
玉牒重光绳祖武,励精图治萃雄文。

石姓礼赞

纯臣大义古今崇,万石君家正气融。
恒定星经传舜福,诗歌圣德说尧聪。
蓉城仙主消烦虑,梓泽名园鼓戒风。
渤海武威彰世系,绵绵瓜瓞奏奇功。

蓝姓礼赞

蓝田种玉汝南封,祖泽涵濡世代春。
望重八闽风共载,名高凉国雨相从。
读书课子清心畅,推产分兄敬意恭。
椒衍瓜绵枝郁秀,常昭厚德瑞云浓。

丁姓礼赞

姜汲缘承望济阳，源融驯鹿聚书堂。
麟分帝里忠纲显，凫浴池香孝纪彰。
刻木事亲延世泽，梦松应兆答穹苍。
碧涛热血酬家国，万代蕃昌日肇疆。

韩姓礼赞

南阳气运参天地，北斗高名贯古今。
三杰汉兴多益善，八家文起尽雄歆。
堂开昼锦如狮踞，集著香奁比凤吟。
泣杖宗风辉典史，弦歌一曲播徽音。

池姓礼赞

池州赐姓永留芳，福荫双西一脉香。
循吏名声齐挺秀，大魁祖泽共瞻望。
诗书启后芬幽蔼，仪礼传家举胜骧。
在俭在勤昂业绩，维光邦国拥殊祥。

欧姓礼赞

崇宗显赫平阳郡，本祖巍峨八剑堂。
菟虎祀供铭孝道，芙蓉闪锷耀祥光。
南溪礼乐蕃望族，粤桂诗书赏瑞芳。
丕振家声延厚泽，长生奕叶奏铿锵。

官姓礼赞

晋公源派出东阳，命族如官石壁彰。
兴学赍金常积善，辨诬勘地遍流芳。
刚正忠直存良志，奋发轩昂送吉祥。
俎豆千秋扬祖泽，瓜绵椒衍耀荧煌。

饶姓礼赞

饶邑开源料福缘，平阳阀阅涌群贤。
临川绍美功情淡，邵武传经道誉妍。
节著岁寒书烈志，政敷春日谱和篇。
双峰衣钵流芳远，俊逸诗才续彩鲜。

柳姓礼赞

望出河东一脉香，坐怀不乱惠名镶。
二龙腾跃高风颂，五马参差亮节扬。
子厚文豪书福海，公权笔正会佳章。
支繁叶茂宗功耀，万载千秋永吉昌。

白姓礼赞

南阳裔叶洛东妍，精术治生绩世传。
笔洞栖真弘道德，香山结社播华编。
武安封爵功勋耀，紫石刊书宝墨鲜。
尊祖尚贤存懿范，簪缨代代福绵延。

袁姓礼赞

上卿陈郡脉流芳，逐鹿行辕润瑞香。
卧雪清操绵世泽，扬风惠政播恩长。
忠臣孝子贞心重，明德正人劲节彰。
派衍叶繁遍华夏，祥开万代望昭阳。

缪姓礼赞

穆公源自春秋溯,三姓同根仰帝聪。
东海名儒斟瑞日,兰陵博士拂嘉风。
上书论事忠心在,出俸扶民正气崇。
礼乐传家恩惠广,精英旺族策奇功。

阙姓礼赞

弁公东鲁启麻声,德泽岩城贯族情。
刺史驰名仪有德,才能著誉日增荣。
编修望重明廷秀,内侍功高宋室英。
阙里宗风期勿替,簪缨事业奉昌盛。

夏姓礼赞

涂山启瑞万年传,梁国招徒续雅篇。
望并三宗昭日月,名联四皓撼山川。
赋讴流水匡前哲,竹夺神风仰后贤。
叶茂根深恢世泽,会稽更美艳阳天。

姜姓礼赞

炎农祖泽五千年,渭水家声大孝妍。
七岁翰林姜字闯,八旬丞相伟勋传。
平江保障承操守,白石清歌拂素笺。
匾赠东瀛称国宝,敦伦匡世竞蝉娟。

甘姓礼赞

甘国源承渤海昭,虎臣校尉仰英标。
显名践约和风畅,绥德成循善政调。
天宇星占呈凤舞,熬溪刻本与龙翘。
传今炳古乾坤耀,百世千支奉祖桃。

骆姓礼赞

徽猷克著内黄隆,江国馨香万派崇。
常侍勇冠安圣福,状元文锐达宸聪。
岁饥散粟群生济,雪白冰清四杰雄。
声绩聿宣垂庇佑,簪缨百代振宗风。

简姓礼赞

姬姓渊源望范阳,支分派远水流长。
尚书峻业酬民愿,定国鸿谋济世荒。
第一状元儒学振,无双张简宝书彰。
凤岐麟趾同尊祖,德厚流光永发祥。

田姓礼赞

雁门世泽好招贤,祖训贫骄胜著鞭。
众颂兵符民意赋,家推易学博经传。
挽歌蒿里更闻袂,荫茂荆庭不息肩。
礼义昌隆千载业,箕裘圭璧粲珠联。

金姓礼赞

少昊家声万派兴,秅侯世爵载尊承。
绩垂秀水清诚好,学隐仁山素德胜。
人瑞点评求直道,春秋安旨化鸾鹏。
亲功祖烈贤名远,百代衣冠壮志腾。

巫姓礼赞

溯源上古乃商卿，望出平阳世德莹。
保乂王家求遗爱，克光相职恁端正。
开基石壁宗功集，创业儿经国手旋。
建镇黄连垂史册，流芳衍庆粲簪缨。

倪姓礼赞

系衍郳封鲁绪承，千乘世德万年兴。
宋朝遗逸怡经远，汉吏循良敬业恒。
饘粥阴功常乐善，衣冠全节永荣称。
家声茂绩培新秀，雍睦流芳庆瑞腾。

钱姓礼赞

彭城世泽源流远，兰水家声惠业昌。
靖海射潮安社稷，知涛存诏卫穹苍。
追芳绍美西昆体，聚宦添花锦树堂。
代代英才标鼎甲，隆恩祖德耀祥光。

邵姓礼赞

博陵世泽竞春华，安乐家声奏古笳。
修竹盈乡豪气盛，种瓜高隐逸情嘉。
宫娥诗诵天聪润，尔雅经成道悟夸。
祖德呈祥臻瑞气，俊英荟萃绽繁花。

黎姓礼赞

黎阳司地昂京兆，侯爵壶关世泽荣。
永乐封功夸善政，孝廉衍派耀齐名。
簪缨鹊起昭宏业，科甲蝉联舞彩旌。
首义武昌光史册，新猷锦绣更锵鸣。

伍姓礼赞

伍胥系出耀长空，安定家声振祖风。
校尉尽忠豪气勃，武陵归隐道心终。
修真蒙引相称颂，强吏精微永敬崇。
创业守成光族乘，先畴盛德建元功。

侯姓礼赞

源溯缙侯上谷传，计援赵救息风烟。
蜕龙节度亶聪灿，松鹤仙郎至德贤。
巧智家声谐典史，娇诗桐叶奏心弦。
根深枝茂辉祥瑞，椒衍瓜绵五福全。

古姓礼赞

氏源亶父旺新安，国宝家声拂万端。
立节将军功社稷，押衙侠士促征鞍。
名扬东汉真河伯，勇冠青齐秉晓丹。
椒衍瓜绵呈肇庆，流芳祖德茂芝兰。

毛姓礼赞

源封毛邑氏名妍，派衍西河历变迁。
风雅诗宗因授受，洁廉世望自翩跹。
注经宏业忠贤励，捧檄家声孝义鲜。
脱颖伟人华夏振，千秋俎豆赞尧天。

辛姓礼赞

宗开夏国壮陇西，叶茂枝繁启鼓鼙。
悟主免冠铭雅操，宁民息讼灿宸奎。
五龙美誉存忠义，二虎扬名卫庶黎。
共仰稼轩躬道学，贤能瓜瓞海天齐。

粘姓礼赞

奇功赫赫郡王封，姓启忠贞敬意浓。
善断多谋皆大将，南征北战尽先锋。
浔江发族闽台播，衙口开基碧桂纵。
克绍箕裘延祖德，枝繁叶茂壮宗容。

关姓礼赞

忠昭日月大贤臣，义薄云天武圣神。
望族陇西延祖泽，名门东海聚宗亲。
新声度曲情操畅，松石耽闲理致真。
虎踞龙蟠呈锦绣，绵绵瓜瓞尽芳春。

乐姓礼赞

南阳世泽宋源分,百代绵延合族欣。
昌国封君彪炳远,太平著记妙贤闻。
回銮乐韵怀奇誉,威武安闽策战勋。
丕振桃溪齐笃庆,承前启后霭氤氲。

世姓礼赞

锡兰王裔恋温陵,钦赐开基望族登。
乐善好施桑梓福,崇文重教俊英腾。
夫人诰命留佳话,烈女传彰颂正声。
香火绵延昌百世,催开浩气赶前程。